COLLECTION FOLIO

Franz-Olivier Giesbert

La souille

Gallimard

Franz-Olivier Giesbert est né en 1949, à Wilmington, dans le Delaware, aux États-Unis, d'un père américain et d'une mère française. Il arrive en France à l'âge de trois ans. Après avoir collaboré à la page littéraire de *Paris-Normandie*, il entre au *Nouvel Observateur* en 1971.

Successivement journaliste politique, grand reporter, correspondant à Washington, chef du service politique, il devient directeur de la rédaction de l'hebdomadaire à partir de 1985. En 1988, il est nommé directeur de la rédaction du *Figaro*. Depuis 2000, il est directeur du *Point*.

Il a publié plusieurs romans dont *L'affreux* (Grand Prix du roman de l'Académie française 1992), *La souille* (prix Interallié 1995), *Le sieur Dieu, L'immortel*, et des biographies : *François Mitterrand ou La tentation de l'Histoire* (prix Aujourd'hui 1977), *Jacques Chirac* (1987), *Le Président* (1990), *François Mitterrand, une vie* (1996), et *La tragédie du Président* (2006).

À ma Normandie.

I

Au commencement était le Verbe. Je suis là pour le prouver. Depuis toujours, j'ai quelque chose qui parle en moi. C'est comme un murmure de l'autre monde, avec un fond musical. Je ne sais pas d'où ça vient, mais je suis sûr que ça vient de loin.

Je m'appelle Blaise Mortemar et je suis garçon de ferme chez les Ducastel depuis plus de vingt ans. Mon second prénom, c'est Jésus et, bien que je ne m'en sois jamais vanté, la chose a fini par se savoir. Un jour que je laissai ma carte d'identité sur la table de la cuisine, mon patron la prit pour regarder la photo, comme on fait toujours, et dit :

« Mais tu t'appelles aussi Jésus... Pourquoi tu nous avais caché ça ?

— Parce que c'est trop lourd à porter.

— Eh bien, il faudra que tu t'y fasses, mon gars. C'est comme ça que je vais t'appeler, maintenant. »

Depuis, tout le monde m'appelle Jésus. Ça m'agaçait, au début. J'avais toujours le sentiment qu'on se moquait de moi. Mais j'ai fini par m'habituer. Aujourd'hui, je suis même devenu assez fier de ce second prénom, qui ne me convient pas si mal.

J'ai un visage triste comme celui du Christ. Il est simplement plus marqué, à cause de l'acné qui l'a ravagé, dans ma jeunesse. J'ai même une barbe que je coupe de temps en temps, chaque fois que je ne me sens pas à la hauteur de mon personnage. C'est le cas après mes périodes de boisson, parce que je me laisse parfois aller à la bouteille, mais sans être alcoolique, contrairement à ce qui peut se dire dans le village.

Je comprends qu'on me débine. Je suis sûrement l'une des rares personnes du canton à lire encore des livres. J'ai trop de dons et les gens trouvent louche que je continue à racler les bouses dans l'étable des Ducastel.

Depuis ma plus petite enfance, je vis en communion avec le monde des bêtes, de la forêt et du vent. Je suis sûr que mon second prénom n'y est pour rien, mais j'ai souvent la sensation d'être partout en même temps. J'écoute ce que je ne devrais pas entendre. Je vois même ce que mon œil n'est pas en mesure d'atteindre. Je suis comme Dieu. Sauf que je ne prévois pas l'avenir.

Mais il ne sert à rien de tout prévoir, surtout

l'avenir. Je le prends comme il vient. Encore qu'il ne vienne jamais, en ce qui me concerne. Je n'en souffre pas. J'ai trop de choses dans la tête. Parfois, c'est même comme si le monde tournait en moi. Certains jours, ça me secoue tellement au-dedans que j'ai des crises de vertige.

Je parle avec les morts. Je parle aussi avec mon frère, celui que j'ai mangé dans le ventre de ma mère, quand j'étais fœtus. Nous étions jumeaux. Je suis sûr que nous étions faits pour nous entendre. Je ne suis pas un anthropophage, ni même un assassin. Mais j'ai un tel vide en moi que je ne suis jamais rassasié.

C'est pour ça que j'ai mangé mon frère jumeau dont un chirurgien a retrouvé, un jour, quelques petits os du côté de mes poumons. Je ne pouvais pas faire autrement. Je suis comme Dieu, je le répète. J'ai faim du monde.

Il me dégoûte pourtant. Depuis le temps, Dieu aurait dû comprendre que le monde l'a trahi. Mais il laisse faire. Soit qu'il s'en fiche, soit qu'il est débordé. Je ne comprends pas ce fatalisme ou cette indifférence. Moi, contrairement à lui, j'interviens chaque fois que je peux empêcher une mauvaise action. C'est ce que j'ai fait dans l'histoire que je vais vous raconter. J'en ai même changé le cours.

Tout a commencé avec la mort du vieux. C'était un soir d'automne. Mais chez nous, en Normandie, l'automne, il fait tout le temps soir. Même à midi.

M. Ducastel dormait sans ronfler. Il régnait un silence de mort dans sa chambre. Sauf qu'une mouche tentait de sortir par la fenêtre en bourdonnant contre les vitres. Ça ne l'aurait avancée à rien. Dehors, elle était condamnée. Mais dedans aussi. Ce n'était pas sa saison.

Elle finit par se laisser prendre dans les fils d'une toile d'araignée, que surveillait une petite bête brune à gueule de crabe, avec un ventre rond qui luisait comme une goutte de vin. L'animal déboula tout de suite sur la mouche et planta ses crocs dans sa chair.

La mouche partit dans un bourdonnement qui était un gémissement et qui, peu après, tourna au cri d'agonie.

Ce cri réveilla M. Ducastel. Il transpirait tout son soûl, malgré le froid dans la pièce. Quand l'eau fuit votre corps, c'est mauvais signe. Elle est toujours la première à partir. Il lui fallut plusieurs secondes pour décoller la langue de son palais, dans un bruit de viande de boucher. Après quoi, sa main partit vers la table de chevet où elle saisit une clochette qu'elle agita.

M. Ducastel, qui avait été bel homme, n'était plus qu'un petit tas de souffrances. Plusieurs morceaux de sa personne étaient déjà morts depuis longtemps, comme les oreilles ou le nez. Les autres s'en allaient. Il n'y avait plus que les yeux qui résistaient.

Une femme entra. Elle était sèche comme du bois, avec la tête rentrée dans les épaules, à la façon des gens qui ont reçu plein de coups. C'était Mme Ducastel. Elle demanda sur un ton retenu et faussement ronchon :

« Qu'est-ce qu'il y a encore ?

— La mouche.

— Quelle mouche ?

— La mouche près de la fenêtre. Tue-la. Je ne veux pas qu'elle souffre. »

Mme Ducastel s'exécuta. À quoi bon contrarier les mourants ? Elle coinça la mouche entre les ongles de son pouce et de son index, puis la décapita. Les ailes se mirent à gronder. Les bêtes sont comme ça. Quand on leur prend la vie, leur protestation continue jusque dans l'au-delà.

M. Ducastel fit un petit signe de la main, comme s'il partait.

« Je voudrais du chocolat, dit-il. Je crois que c'est le moment.

— C'est toujours ce que tu dis.

— Je ne prendrai pas de risque. Je veux mourir avec du chocolat dans la bouche, tu sais bien. »

Il sourit, d'un sourire souffrant, puis reprit :

« Cela fera mieux passer la mort, le chocolat.

— Il faudrait peut-être que tu boives un peu avant de manger ton chocolat. Tu bois plus rien. »

Elle prit un verre sur la table de chevet et lui versa dans la bouche un peu d'eau qu'il avala en grimaçant, comme si ça lui faisait mal.

« Je voudrais pas, dit-elle, que tu me fasses tout le temps croire que tu vas passer, rien que pour manger du chocolat. C'est pas bon pour toi.

— Au point où j'en suis.

— Ça fait déjà trois fois que t'en prends aujourd'hui. Tu vas te rendre malade. »

Sur quoi, elle cassa un carré de chocolat au lait et le glissa entre les lèvres de M. Ducastel, qui commença à le sucer avec une affreuse expression de ravissement.

« Prends ma main », dit-il à sa femme.

Il mourut peu après.

Je sus qu'il était parti quand je ressentis un frisson dans mon corps. Chaque fois que quelqu'un s'en va, ça me fait la même chose. C'est la mort qui passe. Je n'ai jamais compris pourquoi elle fait si souvent un détour par chez moi.

Je fus surpris dans mes pensées par Mme Ducastel, qui, entrant dans la pièce d'où j'avais observé la scène, s'écria :

« Mais qu'est-ce que tu fais là, Jésus ? Toujours à espionner...

— Je n'espionne pas, madame. Je réfléchis.

— Tu as la manie de réfléchir derrière les portes. »

Son visage était noyé de larmes. C'est pourquoi je n'avais pas envie de répondre.

« Peux-tu courir à la petite maison, reprit-elle, et dire à Maxime que monsieur est mort.

— Désolé, madame. »

Je m'approchai d'elle pour l'embrasser, puis m'arrêtai. Mme Ducastel n'aimait pas que je sorte de mon rang. Je n'étais qu'un garçon de ferme. Je me contentai donc de répéter :

« Désolé, madame. »

Je pleurai. Je n'ai jamais pu m'en empêcher devant les femmes qui pleurent.

Quelques semaines après la mort de M. Ducastel, Maxime, le fils unique, quitta la petite maison pour retourner dans la grande. Il aimait se faire servir et sa mère le traita désormais comme elle avait traité son père, avec une dévotion qu'elle déguisait, par pudeur, en bougonnerie.

Moi, j'héritai de la petite maison. C'était une grange dont M. Ducastel avait aménagé une partie, quand il ne s'entendait plus avec son fils. Histoire classique : Maxime n'avait pas supporté que son père tienne à garder sur la ferme une autorité que la fatigue et la maladie l'empêchaient d'exercer. Un jour, pour une histoire d'outil qui n'avait pas été rangé, ils décidèrent de ne plus se parler. C'est Mme Ducastel ou moi-même qui transmettions les messages.

Maxime avait attendu son heure. Elle était venue. Mais il n'était pas prêt. Rien qu'à le voir, on comprenait qu'il ne serait jamais prêt. C'était un grand garçon avec un visage ouvert, des cheveux blonds, des taches de rousseur et des yeux si bleus qu'on croyait voir le ciel au fond. Tout le monde disait qu'il était beau. Moi, je ne comprends pas comment on peut être beau quand on a l'air bête.

Les mois passèrent mais rien ne se passa. Ils étaient toujours pareils et on ne les voyait pas filer. C'est toujours comme ça, à la campagne, surtout ici, dans le canton de Routot : rien ne change jamais, sauf le temps.

Le plateau du Roumois gargouille sous la pluie une grande partie de l'année. Le ciel déverse sur lui des litres de flotte, à grands seaux, la nuit, le jour, sans arrêt. On dirait qu'il a décidé de le noyer et que cette décision est irrévocable depuis le commencement du monde.

Tant d'eau, c'est inhumain. Souvent, la terre, gorgée de pluie, ne sait plus où elle en est. Elle est comme une mer de boue qui se vomit elle-même. Ça devient dégoûtant, à la fin. « Ici, disait souvent M. Ducastel, c'est le pot de chambre du monde. »

La terre est une sainte. Elle souffre en silence. Mais ce ne serait pas une vie si chaque année, au printemps, ne se produisait toujours le même miracle. Il sauve tout. D'abord, c'est un petit vent chaud qui s'insinue, comme une rumeur, entre les haies et qui réveille les graines, les pousses et les bourgeons. Et puis, un jour, la nature explose. Elle se met en branle, d'un coup, au milieu des chants d'oiseaux. Plus rien ne peut arrêter la montée vers le ciel des feuilles et des herbes déchaînées. Des touffes surgissent jusque sur les murs ou les routes. Rien que de respirer, on se sent heureux.

Chaque fois, cette énergie qui remuait la terre s'emparait aussi de Maxime et de moi-même. On travaillait, mangeait et transpirait comme quatre. Des foins aux pommes, on n'arrêtait pas. On n'avait pas le temps d'avoir de femme.

Mais quand on n'a pas de femme, c'est qu'on les a toutes.

Je suis amoureux plusieurs fois par jour. Souvent, c'est une femme qui passe sur la route. Ou bien une image dans ma tête. Voilà pourquoi je n'arrive pas à me fixer. J'aurais trop peur de perdre les autres.

Je m'accommode bien d'aimer toutes mes femmes de loin, sans même qu'elles le sachent. J'ai un cœur de Dieu. C'est un ciel que rien ne borne. Tout le monde y a sa place, même les scarabées, les limaces ou les mauvaises herbes que je n'arrache jamais sans mauvaise conscience.

J'ai trop d'amour en moi. Le monde ne me suffira pas pour l'épuiser.

Maxime, c'est un autre cas. Il tombe amoureux de temps en temps, mais n'arrive jamais à faire le premier pas. Je ne peux pas le faire à sa place.

Il a tourné autour de Mlle Chiffolet, l'institutrice, une grosse dondon qui, quelle que soit sa position, a toujours l'air roulée en boule. Il s'est amouraché de Mme Lampron, l'épicière, une divorcée pourvue d'une taille de guêpe, qui a sans doute le plus beau postérieur du canton. Il s'est rabattu sur Marie-Josée, sa cousine, qui a de grosses jambes, un air de chien battu mais aussi une adorable petite paire de fossettes.

Chez la femme, j'aime le pied, le bras et surtout la fossette. J'aurais aimé que Maxime se marie avec Marie-Josée, rien que pour le plaisir d'avoir ces fossettes à la ferme. Mais il n'osa se déclarer et elle finit par se lasser.

Un jour qu'il me faisait trop de peine, je dis à Maxime :

« Mais pourquoi tu ne fais jamais comprendre aux femmes que tu les aimes ? C'est tout ce qu'elles veulent.

— Elles me paralysent.

— Tu mets ta main sur celle de la femme que t'aimes et son compte est bon. Après, tout s'enchaîne, tu verras.

— Devant une femme, je n'arrive même pas à bouger la main. Je suis paralysé, je te répète.

— Si t'es timide, t'as qu'à passer par une agence matrimoniale. C'est pratique et c'est moderne. Tout le monde fait ça, maintenant. »

Maxime écrivit à l'agence matrimoniale.

Maman a découvert mes dons quand j'avais sept ans. Un matin, alors que je prenais mon petit déjeuner, il y eut un bruit de freins sur la chaussée, dans le virage du Criquet. Je fondis subitement en larmes.

« Y a une biche qui vient de se faire écraser, sanglotai-je.

— Arrête tes histoires.

— T'as qu'à aller voir. »

Ma mère sortit de la maison, pour vérifier, avant de revenir avec un air dégagé, comme si tout allait bien :

« T'as raison. C'était une biche. »

Après quoi, elle me sermonna :

« Ne fais jamais ce genre de chose devant les gens. Ils sont trop jaloux. T'aurais des ennuis. »

C'est ce jour-là que j'ai compris ma force. Depuis, sans jamais m'en vanter, pour suivre les conseils maternels, je la laisse courir où elle veut. Je ne peux pas rester enfermé en moi, comme tout le monde. Il faut toujours que je laisse traîner mes oreilles et mes yeux partout, sous les taillis, dans les bois, sur les champs.

Même quand je suis dans mon pigeonnier.

Il se trouve à côté de la petite maison et n'abrite plus de pigeons, mais trois couples d'hirondelles. Quand je ne travaille pas à la ferme, j'y passe de longues heures, à regarder le ciel et la terre. J'ai entendu parler d'un philosophe qui avait son donjon pour penser le monde. J'ai ma pièce pour le laisser entrer en moi.

C'est un petit réduit, sous les soupentes du pigeonnier, avec une lucarne qui donne sur le clos et d'où l'on voit l'église, le bourg, la forêt. Là, je lis, j'écoute, j'observe, je réfléchis. Il ne faudrait pas croire que je prie. Même si je le voulais, je ne le pourrais pas. Pour prier, il faut être quelqu'un. Moi, je ne suis personne. Donc, c'est le monde qui me prie.

Mme Ducastel l'a bien compris. Souvent, quand elle m'appelle pour la soupe, elle dit, avec une ironie complice, des choses comme :

« Dis, Jésus, tu descends ? Tu vas finir par te prendre pour le bon Dieu, là-haut. »

Même si je lui ressemble, je ne me prends pas pour le bon Dieu. Mais moi, contrairement aux autres, je sais que je ne suis rien. C'est pour ça que je suis tout.

La journée avait été extraordinaire. Les hirondelles dansaient dans le ciel et le vent n'avait plus rien à dire. Tout le monde était content.

Des jours comme ça, on aimerait qu'ils ne partent pas. C'est comme un bonheur qui tombe du ciel et se mélange à vous. C'est là qu'une femme me manque le plus, pour partager ça.

Ce jour-là, une demoiselle était arrivée à Routot par l'autocar de la fin d'après-midi avec un sac de voyage et une petite valise verte. Chez elle, c'était la bouche qu'on remarquait tout de suite, une bouche à aimer la vie, à manger des glaces et à donner des baisers. Elle la gardait entrouverte, comme pour embrasser l'air qui passe. Il y a des femmes comme ça. Il faut qu'elles embrassent tout.

D'abord, la demoiselle a fait celle qui savait où elle allait. Puis, elle est revenue sur ses pas. Tout près de l'arrêt de l'autocar, un groupe de garçons jouait au ballon. Elle s'approcha de l'un d'eux, qui était dans la position du gardien de but avant le coup franc, et lui demanda d'une voix mal assurée, une voix d'étrangère, quoique sans accent :

« Excusez-moi, mais je voudrais savoir comment on fait pour aller au Pied-de-Loup. »

Il répondit sans regarder, de peur de rater le ballon. Il fallait prendre la route de La Haye-Aubrée, celle qui partait en biais, juste devant elle, tourner à droite à la fourche, prendre ensuite la première à droite, et elle tomberait dessus, elle ne pouvait pas se tromper.

Un garçon qui avait les oreilles décollées alla se planter devant la demoiselle et lui dit sur un ton frisant l'insolence : « Chez qui vous allez ? » Elle répondit doucement, en baissant les yeux. Il murmura : « Je le connais. » Et il courut jusqu'au ballon, dans lequel il donna un grand coup de pied.

Un autre, un petit blond maigrelet, la suivit pendant plusieurs mètres avant de la dépasser et de lui demander : « Comment tu t'appelles ? » Elle accéléra le pas. Il reposa la question. « Épiphanie », répondit-elle sur le ton de quelqu'un qui ne veut plus être dérangé. « Épiphanie, répéta-t-il. C'est un nom de fête. »

Épiphanie était une demoiselle assez grande, très brune, presque noire, avec des cheveux comme un buisson. Son visage était dominé par deux grands yeux marron qu'elle fermait de temps en temps avec un air pénétré, comme si elle pensait à des choses importantes. On voyait tout de suite que c'était une femme de tête, comme les femmes méditerranéennes.

Elle marchait lentement. Mais ce n'était ni par fatigue ni par paresse. C'était pour mieux profiter. Elle ne voulait jamais rien perdre de la vie, Épiphanie, surtout pas ce jour-là.

Moi, je la suivais à distance. J'avais décidé que je serais son ange gardien et me demandais si elle ne deviendrait pas aussi le mien. Il y a des gens d'une telle beauté qu'on se sent protégé rien que de les regarder.

Je coupai à travers champs, pour ne pas me faire repérer, et tombai sur Maxime qui travaillait au potager. Je l'observai un moment, derrière le mur.

Pendant qu'il sarclait ses laitues, il leur parlait et, parfois, les caressait. C'est moi qui lui avais appris ça, il y a longtemps. Les légumes sont comme tout le monde. Ils aiment qu'on leur cause. Si on veut qu'ils profitent, il faut leur donner de l'affection.

Quand Maxime partit chercher le tuyau d'arrosage couché dans les carottes, à l'autre bout du potager, il se baissa, en passant, pour effleurer les feuilles d'une rhubarbe. Après, elle se balança longtemps dans l'air en frissonnant de plaisir.

En m'apercevant, Maxime eut un drôle de sourire. Il n'avait pas sa tête de tous les jours. Il avait l'air inquiet. Je savais pourquoi.

Quand elle arriva devant la ferme, au Pied-de-Loup, Épiphanie sut tout de suite que c'était là. Sur les photos qu'elle avait reçues, et qui avaient été prises de la route, cette grande bâtisse pouvait passer pour un manoir, à cause des rangées de tilleuls qui encadraient le chemin. En vrai, c'était plus modeste mais plus joyeux aussi, avec les boutons d'or qui pullulaient, et les ronces qui dansaient dans les haies.

Alors qu'elle s'engageait sur le chemin, après avoir refermé le portail à cause des bêtes, cinq bâtards, de tailles diverses, aboyèrent en même temps. Épiphanie n'avait peur de rien. Elle n'avait pas peur des chiens. Il est vrai qu'ils étaient à la chaîne, à deux exceptions près, pas menaçantes, qui l'escortèrent en jappant.

Épiphanie frappa à la porte. Mme Ducastel lui ouvrit, un balai à la main. Elle regarda la demoiselle avec surprise après l'avoir entendue s'annoncer :

« Bonjour. Je suis Épiphanie. »

Mme Ducastel eut un regard qui disait : « Et alors ? Qu'est-ce que vous voulez que ça me fasse ? »

« Oui, c'est moi, insista Épiphanie, avec une certaine emphase, pour souligner l'importance de l'information.

— Je connais pas. Qu'est-ce que vous voulez ?

— Je voudrais voir Maxime.

— Il est pas là.

— Quand revient-il ?

— Je sais pas, cette idée.

— Je peux l'attendre ?

— Comme vous voulez. Mais ça peut être long.

— J'ai le temps.

— Moi, j'ai à faire. »

Sur quoi, Mme Ducastel posa son balai sur la serpillière et se mit à laver le carrelage, comme elle le faisait sans doute avant d'ouvrir la porte. Contrairement à tout usage, elle ne proposa pas à Épiphanie de s'asseoir. La demoiselle attendit donc debout, près de la porte, pendant plusieurs minutes, avant de demander : « Est-ce que je peux vous aider ? »

Mme Ducastel secoua la tête une fois, deux fois, trois fois. Elle secoua la tête très longtemps, comme si elle cherchait à se débarrasser d'une saleté qui se serait prise dans ses cheveux. Elle s'arrêta net quand elle croisa mon regard derrière la fenêtre.

Des choses gluantes sortaient de son ventre en gigotant. Elles la griffaient et la déchiraient jusqu'au plus profond d'elle-même. C'était comme si elle s'était mise à pisser un chapelet vivant et ensanglanté. Elle était affolée parce que, de sa courte vie, elle n'avait jamais connu ça. Mais elle savait tous les gestes.

C'était une lapine qui mettait bas. Je suis sûr que l'homme descend du singe en passant par le lapin. Il suffit de sentir l'odeur qui dort sous nos aisselles. C'est celle des clapiers ou des terriers, exactement la même. Ce ne peut pas être un hasard. Dieu a dû nous créer le même jour.

Quand je surprends un lapin dans le clos et qu'il relève les oreilles avant de détaler, c'est toujours comme si je rencontrais un cousin et qu'il hésite à me faire un signe ou à me dire quelque chose. Nous faisons partie de la même famille.

C'est pourquoi je ne mange pas de lapin. Je me nourris surtout de pain, de lait et de chocolat. Parfois, de camembert, mon péché mignon. Je ne supporte pas l'idée que l'on doive tuer pour vivre. Surtout quelqu'un qu'on aime bien.

Je suis chez moi partout. Mais je me sens mieux encore au milieu des lapins. Avec eux, j'apprends les herbes, les fleurs, les taillis et l'innocence. On gagnerait à les fréquenter davantage. On saurait que le malheur est une perte de temps.

En passant devant le terrier où cette lapine accouchait, j'étais tout de suite entré en elle, comme je suis le seul à savoir le faire. Grâce à mon don, c'était moi, désormais, qui léchais les petits avant de les pousser dans le nid de poils et d'herbes sèches qui leur avait été préparé. Voilà comment je suis. Je me donne tellement que tout m'appartient.

Je m'éloignais, maintenant, tandis que la lapine se couchait non pas au-dessus du nid mais à côté, dans un recoin du terrier, d'où elle poursuivit la toilette des petits et la sienne, alternativement. Elle aimait ce sang qu'elle allait chercher partout, et d'abord entre ses pattes arrière. C'était de la joie qu'elle aspirait. Ça l'enivrait et ça la remplissait de ce calme qui est l'autre mot du bonheur.

« Soudain, une odeur acide survint d'en haut, là où commencent le ciel et l'herbe. La lapine se rapprocha du nid et, sur-le-champ, tous ses tétons furent pris d'assaut en même temps. C'était un soulagement. Elle se serait abandonnée à ce nouveau plaisir s'il n'y avait pas eu cette odeur.

L'odeur, c'était le renard. Il passait souvent devant le terrier. Sans intention malfaisante, par acquit de conscience, comme l'employé du gaz qui relève le compteur. Il se réservait le dedans pour plus tard. C'était son garde-manger. Il resta un moment à humer autour. À cause du parfum de sang qui montait. Ça l'excitait et ça le troublait en même temps.

Il leva la patte pour pisser sur le trou. Mais rien ne vint. Il n'avait pas envie. Alors il renifla, gratta la terre, renifla encore, avant de décamper aussi vite qu'il était venu. Il avait senti une odeur d'homme dans le vent.

C'était Maxime qui rentrait du potager.

Quand Maxime la vit, debout près de l'entrée, avec ses bagages à ses pieds, il dit, l'air interloqué : « Épiphanie ? » Elle hocha la tête et lui serra la main avec gaucherie.

« Je croyais que vous veniez demain, dit-il, les yeux baissés.

— Mais je vous avais bien écrit que j'arrivais aujourd'hui.

— Pardon. »

Il avait la bouche sèche, tout d'un coup. Il se tourna vers sa mère qui arrivait de la cuisine et lui demanda sur un ton de reproche :

« Tu ne l'as pas fait asseoir ?

— Je savais pas, moi. »

Mme Ducastel haussa les épaules et repartit comme elle était venue, sans faire de bruit.

Maxime regarda Épiphanie dans les yeux : « Je ne vous voyais pas comme ça, finit-il par dire.

— Moi non plus.

— Les photos, c'est jamais ça.

— Non.

— Et puis l'agence avait dit que vous étiez "taille moyenne". Mais vous êtes grande. »

Il précisa tout de suite, pour éviter tout malentendu : « J'aime les femmes grandes. »

Quelques secondes passèrent, pendant lesquelles ils se regardèrent sans souffler mot. Ce qui compte, on le garde toujours pour soi. C'est pourquoi le silence est vrai. Il écrasa Maxime, qui, pour se dégager, finit par demander :

« Vous voulez peut-être boire quelque chose ?

— Non, merci. »

Le silence recommença. Alors, Maxime prit les bagages et dit : « Je vais vous conduire à votre chambre. »

C'était une grande chambre toute blanche avec un crucifix au-dessus du lit. Elle fleurait l'encaustique et la peinture fraîche. En entrant, Épiphanie dit avec un grand sourire : « C'est beau, ici. Et ça sent bon.

— Ça sent le neuf, dit Maxime. J'ai refait la chambre pour vous.

— Il ne fallait pas. »

Il ne savait plus quoi dire. Avec les femmes, il n'arrivait qu'à déparler. Avec Épiphanie, c'était pis encore. Rien qu'à la regarder, il avait des vertiges et les jambes en coton.

C'était comme une grippe. Mais c'était l'amour.

Épiphanie avait des yeux énormes, comme si la vue de Maxime les avait dilatés. Elle sourit, les lèvres entrouvertes. Elle était à prendre.

« La salle de bains est en face, dit-il très vite. Vous faites comme chez vous. Maintenant, je vous laisse. Je vais tuer un poulet. Il faut fêter ça. »

Il repartit avec l'odeur d'Épiphanie dans les poumons et respira le moins possible, pour la garder en lui.

Avec le filet d'humidité qui pendait sous ses lèvres, comme une barbiche, elle avait l'air franchement soûle.

La fourmi rouge était descendue du rosier où elle avait sucé le derrière d'une colonie de pucerons. Maintenant, elle s'en retournait à la fourmilière avec, dans son jabot, la rosée sucrée qu'elle leur avait extraite. Elle était pressée, car le bonheur n'attend pas.

Ce miel qui la gonflait, elle n'avait qu'une hâte, c'était de le faire partager par les larves, les nymphes et toutes les quémandeuses à qui elle allait régurgiter sa prise, tandis qu'elles lui caresseraient les antennes, comme elle aimait. Elle était comme ça, la fourmi rouge. Elle ne pensait qu'aux autres, à ses sœurs et à tous les petits. Elle vivait pour eux. Elle adorait qu'ils la sucent à leur tour. Plus ils la vidaient, plus elle était heureuse. L'extase, c'était quand on lui avait tout pris.

Elle n'était rien. Les autres étaient tout. C'était sa conception du monde.

La fourmi commençait à se rapprocher de la pierre sous laquelle se trouvait l'entrée de la fourmilière quand elle sentit, soudain, une menace dans le ciel, tandis que la terre grondait. Elle voulut fuir, mais il était trop tard. Quelque chose de blanc tomba sur elle.

C'était le poulet que Maxime avait jeté à mes

pieds. Il n'était pas encore mort et ses ailes battaient la mesure, tandis qu'il dégorgeait son sang.

« Plume-moi ça », dit Maxime.

Puis il tourna les talons.

Je n'aime pas le sang. C'est pour ça que je n'ai pas encore réussi à terminer l'Ancien Testament. Il y en a trop, à toutes les pages.

Mais je sais aussi ce que le sang a pu apporter au monde. C'est dedans que se trouve l'âme de notre chair. Il purifie tout. Aussi, quand Maxime me donne une bête qu'il a saignée, j'ai l'habitude de tremper mes mains dans le sang. Même si ça me dégoûte, ça m'apaise.

D'après le livre de l'Apocalypse, le démon a été vaincu « à cause du sang de l'Agneau ». Mais un poulet peut faire l'affaire. Je pris celui-là par les pattes et laissai couler ses dernières gouttes de sang devant la porte d'entrée, pour protéger la maison, comme je le fais chaque fois que les bêtes que m'apporte Maxime ne sont pas tout à fait exsangues.

Mon devoir accompli, je revins à l'endroit où j'étais assis pour retrouver la fourmi rouge. Sans succès. La fourmilière avait disparu dans le sang du poulet.

C'est Mme Ducastel qui, pendant le dîner, mit le sujet sur le tapis. Après avoir posé la soupière sur la table à manger, elle jeta un regard en biais à Maxime et demanda :

« Vous allez vous marier quand ?

— Ça dépend d'Épiphanie », répondit Maxime.

Épiphanie eut l'air de réfléchir. Mais c'est sans doute parce qu'elle avait la bouche pleine de pain.

« Je ferai comme on voudra », finit-elle par dire.

Maxime se racla la gorge avant de murmurer : « Il faut qu'elle apprenne à me connaître. Peut-être que je ne lui conviens pas.

— Mais je sais déjà tout de vous. »

Il écarquilla les yeux.

« Vos lettres », dit-elle.

Ses lèvres restèrent un moment en suspens, comme si elle voulait dire quelque chose, puis : « Des lettres comme ça, je crois qu'on n'en reçoit qu'une seule fois dans sa vie. Et encore, il faut avoir de la chance, beaucoup de chance. »

Il reprit haleine pour dire quelque chose mais rien ne sortit de sa bouche. Sa tête s'était vidée de tout. Dedans, tout d'un coup, il n'y avait plus que du sang qui battait.

Son sang ordonna à Maxime de se lever pour embrasser Épiphanie. Il résista. Ça risquait de tout gâcher. Il fallait prendre des précautions et observer des préambules. Il se contenta de baisser la tête, pour la remercier.

Après le dîner, ils restèrent les yeux dans les yeux pendant que Mme Ducastel lavait la vaisselle. Tel est l'amour : pouvoir se regarder pendant des heures sans se parler.

Je sais ce que c'est. Je peux contempler indéfiniment un perce-oreille, un bouton d'or ou l'eau d'une mare. Je me suis tellement confondu avec la nature que je ne peux plus m'en dégager.

Mon problème, c'est que j'ai trop d'amour pour pouvoir le réserver à une seule personne. Je me demandais si Maxime en avait assez, lui, et s'il n'avait pas juste envie de prendre Épiphanie.

Tout était dans ses mains. Chez Maxime, c'étaient elles qui pensaient. La tête suivait. Grosses et profondes, elles pouvaient tout faire, enfourcher, fourrager ou assommer. Mais elles étaient conçues pour les étreintes, pas pour les caresses. Elles effleurèrent quand même Épiphanie lorsque Maxime la raccompagna au pas de la porte de sa chambre. Ça lui donna à nouveau envie de l'embrasser. Pour conjurer la tentation, il recula d'un pas et dit :

« Vous êtes sûre de bien aimer, ici ?

— Sûre.

— C'est dur, la terre, vous verrez.

— Je sais.

— C'est comme un cheval sauvage. Vous le coiffez, vous le brossez, vous le harnachez, et pas de reconnaissance, rien, jamais. En guise de remerciement, vous ne recevez jamais que des coups de sabots dans le cul. C'est pour ça que les paysans ont tellement de mal à marcher, quand ils sont vieux. »

Il mima le paysan vieux, une main derrière le dos, l'autre sur la canne, et elle rit, d'un rire éclatant.

Épiphanie avait ramené la joie dans la maison. Maxime respirait très fort, à cause du bonheur en lui.

Dehors, la nuit chantait.

Cette nuit-là, Maxime ne dormit guère. Il passa plusieurs heures devant la porte de la chambre d'Épiphanie à se dire qu'il allait frapper, entrer, lui parler et puis la prendre. Mais il ne frappait jamais. Il avait bien trop peur.

L'amour fait toujours peur. On sort de soi, on part très haut, on n'est jamais sûr de pouvoir se retrouver. C'est pourquoi il donne la chair de poule.

Moi non plus, je n'ai guère dormi. Pour me calmer, j'ai marché longtemps dans la nuit jusqu'à la forêt. Arrivé à la lisière, je me suis assis sur un talus et j'ai écouté les arbres.

La forêt, c'est ma mer. Les feuilles font comme des vagues. La nuit, ça me berce.

II

Parfois, je suis une femme. Quand j'étais petit et que je m'appelais encore Blaise, il arrivait que maman m'habille en fillette, avec la jupette et les bottines qu'elle avait récupérées chez sa patronne, Mme Avisse, la châtelaine du Pied-de-Loup.

Après quoi, elle s'asseyait à mes pieds et me regardait dans les yeux en disant, par exemple :

« Tu es belle, tu sais. Belle comme une image.

— Merci, maman.

— Jure-moi de faire beaucoup d'enfants avec ton petit ventre rond.

— Je ferai tout ce que tu voudras.

— Jure-le-moi. C'est important.

— Je te le jure. »

Maman n'avait pas de fille. Ni d'autres garçons. Elle n'avait plus de mari non plus. Pour elle, je fus tout à la fois. Mais ça ne dura pas longtemps. Elle partit comme elle était venue au monde, par la porte de derrière, celle des domestiques, sans se faire remarquer. Un matin, après avoir attrapé une mauvaise maladie, elle oublia de se réveiller. Ce fut aussi simple.

Je suis resté deux jours en tenant la main de maman morte. Je l'aimais tellement que je suis parti avec elle. Depuis, je ne suis jamais revenu en moi.

Quand je suis une femme, j'ai le sentiment de retrouver ma vraie nature. Une femme, c'est un homme qui a bien tourné. Je n'eus donc aucun mal à devenir Épiphanie. Ce fut même comme si je l'avais toujours été.

Je m'aimais bien comme ça. Je n'étais jamais plus moi-même que quand j'étais un autre.

Pour qu'Épiphanie et Maxime passent leur première nuit ensemble, il fallut attendre huit jours. Je ne sais comment elle se déroula mais le lendemain, je constatai comme une gêne entre les deux. Leurs regards s'évitaient. Soit qu'ils se connaissaient trop. Soit qu'ils ne s'étaient pas trouvés.

Quelque chose me disait, pourtant, qu'ils ne se cherchaient plus. Une joie montait au fond de moi et je sentais que ç'avait été la joie d'Épiphanie, la nuit, sous les draps.

Mais une mélancolie s'insinuait par-derrière. Elle venait de là où on ne va jamais regarder, dans le noir de la tête. C'était un mauvais pressentiment. Parfois, il me glaçait le sang.

M. l'abbé d'Hauteville avait un visage haineux, comme ces têtes de mort qui gardent les portes des transformateurs électriques, dans nos campagnes. Mais c'est après le Mal qu'il en avait, pas après les gens comme nous.

Fils d'un officier de carrière breton, l'abbé avait commencé très tôt son combat contre le Mal. Plusieurs fois, il avait été viré de l'école ou du lycée pour avoir tenté de remettre à leur place les persécuteurs patentés qui, comme dans les poulaillers, n'arrêtent pas d'asticoter les mêmes malheureux. N'étant jamais le plus fort, il s'en sortait avec des gnons partout, des dents cassées et des lettres de renvoi, jamais de remerciement. L'école, c'est comme la vie : les vaincus ont toujours tort, même d'avoir raison.

Au séminaire, Jean-André d'Hauteville ne désarma pas. Jour et nuit, il écrivit des libelles contre le Mal où il pourfendait ses serviteurs, qui se bourrent la panse des malheurs du monde. Ses supérieurs finirent par se méfier de lui. C'est ainsi qu'il atterrit à Routot, où il continua à jouer au redresseur de torts.

Il ne se lassait jamais. Il y avait toujours un garagiste mauvais patron à réprimander ou un vieillard talocheur à gronder. Tout le monde n'appréciait pas, dans le bourg. Il arrivait qu'on entende, dans les magasins, des propos du genre : « Non mais, franchement, de quoi il se mêle ? » L'abbé répondait dans son sermon du dimanche en reprenant son thème favori : « La religion, il faut la vivre tout le temps. Sinon, c'est qu'elle est morte. Je vous engage donc à mener contre le Mal une guerre de tous les instants. Observez-le. Il est comme un trou noir qui avance sur l'humanité et mange tout sur son passage. Il faut le faire reculer au lieu de s'habituer ou de lui donner des gages. Car le jour où nous l'aurons accepté, c'est que notre monde sera juste bon à périr. »

Avant de les marier, M. l'abbé d'Hauteville avait tenu à s'entretenir avec Épiphanie et Maxime. En les introduisant dans le salon du presbytère, une pièce sobre où les fauteuils étaient des chaises, il leur dit, en leur faisant signe de s'asseoir :

« Épiphanie... quel beau prénom... D'où ça vient ?

— De ma mère. Elle s'appelait comme ça. Ma grand-mère aussi. C'est une coutume dans ma famille.

— Vous êtes catholique ?

— Pas vraiment.

— Ah, fit l'abbé.

— Je ne pratique pas. Mes parents non plus ne pratiquent pas. Mon frère est musulman.

— Ah, répéta l'abbé.

— Je crois en Dieu, c'est tout. Je me fiche du nom qu'on lui donne.

— Vous venez d'où ?

— De Clichy.

— Et vos parents ?

— De là-bas... »

Une hésitation, puis :

« De Kabylie.

— Ah », dit à nouveau l'abbé.

Il jeta un regard si profond sur Épiphanie qu'elle ferma les yeux. Puis il se tourna vers Maxime et dit :

« Je ne peux pas la marier si elle n'est pas baptisée.

— Je comprends. »

L'abbé demanda à Épiphanie :

« Voulez-vous être baptisée ?

— Sans problème. Je vous ai déjà dit que, pour moi, Dieu est le même pour tous.

— Non, mademoiselle. Il est plus ou moins miséricordieux. Je crois que le Dieu des catholiques est encore le plus humain.

— Pourquoi ?

— Il vous pardonne vos péchés. Quand on s'est

confessé, on en est débarrassé. On n'a pas besoin de vivre avec, vous comprenez. »

Il réfléchit, puis :

« On souffre moins aussi. Il faut que vous lisiez ça. »

Il se leva et prit sur la table une bible qu'il donna à Épiphanie. Quand il la lui remit, leurs mains se touchèrent. Elle trembla de l'intérieur et rougit au-dehors. Il avait de très belles mains. Elles étaient presque transparentes.

Épiphanie pensait toute la journée à la bouche de Maxime, qu'elle allait retrouver le soir. Elle ne s'en serait pas vantée, de cette idée fixe. C'était bête mais ça la rendait toute chose.

Elle avait tellement besoin de cette bouche, Épiphanie. Chaque fois que Maxime approchait ses lèvres, elle sentait les siennes trembler. Parfois même, elle était saisie de frissons au-dedans. C'était à cause du bonheur qui venait et qu'elle avait déjà peur de perdre.

La bouche de Maxime était rouge, souple et charnue. C'était comme un fruit vivant. Quand elle arrivait sur Épiphanie, elle avait le don de tout réveiller. Elle était gorgée de joie, un jus de joie.

Une fois, Épiphanie avait passé toute la nuit les lèvres plaquées contre celles de Maxime dormant. Le lendemain, elle s'était sentie mieux que d'habitude.

C'était une bouche qui donnait la vie. Mais, contrairement à Épiphanie, je me mis à la haïr.

Il aimait le chaud dans ses reins. Le soleil, tout doux dans le ciel blond, avait mis de la joie en lui. Il se mit à courir le long des blés, à courir et à danser.

Il n'avait pas peur d'être vu. Il y a des soirs comme ça, où rien n'est interdit. Le ciel s'était allongé dans les champs et les couvrait de caresses. C'est ce qui faisait l'ivresse.

Les blés craquaient. Ils parlaient aussi. Mais il n'y avait rien à comprendre. C'était leur contentement qu'ils disaient, dans une odeur qui donnait faim. Sauf qu'il n'avait pas faim.

Il dansa longtemps, très longtemps, jusqu'à ce qu'il aperçoive un petit lapin roux dans le champ d'à côté. Le garenne était tout à son bonheur, dans les trèfles. Il ne voyait rien.

Alors, le lièvre bifurqua et se précipita sur le garenne. Il se roula avec lui dans le vert du champ et, en moins de temps qu'il ne faut pour le dire, lui arracha d'un coup de dent quelque chose de mou entre les pattes de derrière, provoquant un cri à casser les verres.

Il avait encore des morceaux de la chose sanglante sur le museau quand Épiphanie l'aperçut et le montra du doigt à Maxime, alors que nous nous promenions dans le clos à la recherche d'une poule disparue.

« C'est un lièvre, dis-je.

— Comme il est mignon. »

On l'avait à peine vu que le lièvre était déjà reparti dans les blés.

Généralement, je passe une partie de mes nuits à la buanderie. Elle me calme. C'est à cause de l'odeur qui sourd des murs. Cette odeur me rappelle la grotte de mon enfance, où je suis resté des journées entières à regarder le noir, pendant que maman astiquait les parquets de la châtelaine.

J'ai la clef de la porte, car j'ai la responsabilité, à la ferme, du lavage de ce que Mme Ducastel appelle le « gros linge sale ». Il s'agit d'abord des bleus de travail et, accessoirement, de mes propres habits. Quand je vais à la buanderie, la nuit, je m'assois dans le vieux fauteuil défoncé qui est à l'entrée. Il m'arrive aussi de monter sur l'escabeau pour espionner ce qui se passe dans la chambre d'Épiphanie. Elle est juste au-dessus.

Quand Épiphanie et Maxime commencèrent à dormir ensemble, je pris l'habitude d'écouter pendant des heures les mots et les bruits que laissaient passer les interstices du plancher. Souvent, je repartais bredouille. Parfois, ma patience était récompensée. Mais je ne peux cacher que, dans le dernier cas, j'avais toujours le cœur serré. Je n'aimais pas ce que j'entendais. Tout sonnait faux.

C'est surtout Épiphanie qui faisait la conversation. Quand les ressorts du lit se mettaient à grincer, elle n'arrêtait pas de parler d'une voix essoufflée. Ce qu'elle disait n'était pas très passionnant. Il était question d'amour pour la vie et de choses de ce genre.

Mais chaque fois, c'était plus fort que moi, je devenais Épiphanie. J'ouvrais mes bras à Maxime en bredouillant mes âneries et baisais ses tétons comme il aimait, en les mordillant. Parfois, il souriait. Ou bien il soufflait. Ou encore il soupirait. Jamais il ne me parlait. Il valait mieux. Il avait très mauvaise haleine. Il était comme son père. Il n'avait pas assez de salive dans la bouche. Les bactéries en profitaient.

L'homme ne parle pas quand il fend du bois, ou quand il a une femme dans ses bras. Le moindre effort le réduit au silence. Pas la femme. Je me suis souvent demandé pourquoi elle parle comme ça quand elle fait l'amour. Ce doit être la peur de perdre le bonheur en soi. À moins que ce soit l'angoisse de l'infini qu'elle est la seule à comprendre.

L'amour de l'homme, c'est l'infini du pauvre.

Un soir qu'Épiphanie débarrassait la table du dîner, elle se retrouva toute seule dans la cuisine après que Mme Ducastel eut été appelée au téléphone. Elle put enfin satisfaire cette envie qui la prenait souvent, à la fin des repas. Une de ces envies comme on en a tous et dont on aime mieux ne pas parler, parce qu'elle fait honte.

Épiphanie prit les couverts sales de Maxime et les lécha, les suça, les embrassa jusqu'à ce qu'ils scintillent de propreté, comme dans les réclames à la télévision. C'est ainsi qu'elle aurait voulu laver la vaisselle tous les soirs. Sauf qu'elle ne pouvait pas, avec Mme Ducastel qui la gardait toujours à vue, comme on dit dans la police. Elle serait passée pour une malade mentale. Ce n'était pas le moment. Mieux valait attendre le mariage. Elle aurait tout le temps de folichonner après.

Quand Épiphanie posa les couverts de Maxime dans l'évier, ils étaient humides et luisants, comme des lèvres d'amoureux. Elle garda longtemps ces baisers de feu dans la bouche.

Un jour, avant de me prêter sa bible pour la nuit, Épiphanie en retira précipitamment une feuille de papier pliée en quatre, avec un mouvement de gêne qui m'intrigua. J'en conclus qu'elle cachait ses secrets dans le Grand Livre.

Une semaine plus tard, trouvant sa bible sur le rebord de la cheminée, dans le salon, je l'ouvris et tombai sur une feuille de papier, peut-être la même, où je lus, après l'avoir dépliée :

Seigneur,

Cet amour est si grand que je ne passe plus par les portes. Si ça continue, je finirai par marcher sur l'eau. Mon Dieu, faites que cet amour ne m'abandonne pas. Sinon, je retournerai à la terre et à la poussière d'où je viens.

ÉPIPHANIE.

Quelque chose m'étreignit pendant que je repliais cette feuille, parce que je savais que Maxime n'était pas digne de cet amour. Un jour ou l'autre, Épiphanie tomberait du haut où elle était montée, car elle se rendrait compte qu'il ne l'avait pas suivie. Il ne pouvait pas. Il était bien trop lourd.

Je me dis que, désormais, je veillerais sur elle, comme Dieu et même mieux que lui.

C'est dur d'être un arbre. Surtout à cause du vent. Certains jours de tempête, il vous empoigne, vous écrase et vous broie. Alors, vous vous tordez et vous sentez les craquements vous ouvrir le plus profond de vous-même. Parfois, après que vous avez bien résisté, une branche finit par se casser.

Les malheurs du grand cerisier avaient précisément commencé quand une branche mère s'était brisée, une nuit d'orage, il y a longtemps. M. Ducastel avait décidé de la couper net pour l'enduire de mastic, afin que la plaie se cicatrise, et puis les années avaient passé. Il avait oublié ou il s'était habitué. La gangrène s'était installée très vite, dans le creux de la blessure, avec des colonies de charançons et de perce-oreilles. Elle s'était ensuite insinuée dans l'écorce du tronc avant d'entrer dans le cœur de l'arbre. Ça faisait comme une mare, pleine de grumeaux de vase, au milieu de lui-même.

Un hiver, le grand cerisier en avait eu assez et il ne s'était pas réveillé le printemps suivant. Son cadavre était encore resté debout deux ans quand, quinze jours avant le mariage, Maxime décida de le couper. L'arbre poussa tout de même un cri affreux quand la tronçonneuse entra dans sa chair et sa plainte se prolongea jusqu'à ce qu'il tombe. C'était bien la preuve qu'il restait du vivant en lui. Les arbres sont particuliers. Ils ont si peu de vie à l'intérieur qu'ils ne meurent jamais vraiment.

Avec le tronc, Maxime et moi avons fabriqué une trentaine de tabourets pour la noce.

Mme Ducastel ne supportait pas Épiphanie. Elle ne la regardait jamais, même quand elles se trouvaient nez à nez, dans la cuisine, et ne lui parlait qu'à travers Maxime en lui disant, par exemple :

« L'amoureux, tu diras à ta copine que la table, on ne la met pas comme ça. Les couteaux sont encore à gauche des assiettes. Ça devient énervant, à la fin. »

Quand Épiphanie lui parlait, Mme Ducastel feignait de ne pas entendre. Si Épiphanie insistait, elle changeait de pièce en marmonnant des choses ou en haussant les épaules.

Elle n'était pas facile à vivre, Mme Ducastel. Il fallait qu'Épiphanie se plie à toutes ses manies et supporte, en plus, ses humiliations avec le sourire, pour ne pas mécontenter Maxime.

C'est pourquoi Épiphanie passait toujours le moins de temps possible à la grande maison. Quand elle ne faisait pas les courses à Routot, elle participait, avec Maxime et moi, aux travaux de la ferme. Elle s'occupait des lapins, des poules et des canards. Elle réparait les clôtures, nourrissait les veaux et conduisait les vaches à la trayeuse électrique.

Au bout de quelques semaines, elle commença à sentir la vache, comme nous tous. C'est une odeur qui met du temps à s'installer. Mais, quand elle vous tient, elle ne vous lâche plus. Ça veut dire que la terre, avec ses bouses, est entrée en vous et que vous êtes mélangé au monde qui, chez nous, pue l'étable.

Une odeur, ça rapproche, quand on a la même. Épiphanie faisait désormais partie de la famille. Sauf qu'elle était trop belle pour nous.

Le frère d'Épiphanie se pointa au Pied-de-Loup l'avant-veille du mariage. C'était un grand garçon avec un ventre comme une bouée dégonflée, qui pendait au-dessus de sa ceinture. Il était garagiste, habitait Bagnolet et s'appelait Sami.

Quand il arriva, Épiphanie était aux vaches, avec moi. Sami fut donc accueilli par Mme Ducastel, qui, après qu'il se fut présenté, dit sur un ton désapprobateur :

« Mais qu'est-ce que c'est que ça ? »

Il portait des habits déchirés et son visage était maculé de boue.

« J'ai été agressé, dit-il.

— Ici, ça m'étonnerait.

— Agressé et dévalisé. Parfaitement, madame.

— Vous êtes très sale.

— Je faisais de l'auto-stop trop près de la route et un camion m'a renversé.

— C'est malin.

— J'ai perdu connaissance. Y en a qui en ont profité pour me dépouiller.

— Fallait appeler un médecin.

— Mais j'étais inconscient.

— Ça, c'est sûr que vous étiez inconscient. »

Sami fit un pas en avant. Mme Ducastel aussi, pour lui signifier qu'il ne devait pas entrer.

« On m'a tout pris, dit-il. Mon argent, mes papiers, mes clefs. On m'a même pris mon sac de voyage. En plus, c'est pas les mêmes qui m'ont piqué mes affaires. Y a encore des gens qui sont passés après et ils m'ont volé mon blouson.

— Si vous les avez vus, vous n'étiez pas inconscient. Faudrait savoir.

— C'est quand je reprenais conscience qu'ils sont venus.

— Pourquoi vous n'avez pas demandé de l'aide ?

— Y avait personne sur la route.

— C'est toujours ce qu'on dit quand ça vous arrange. »

Là-dessus, elle ferma la porte. Sami s'assit sur le perron et attendit en regardant par terre. C'était quelqu'un qui levait rarement les yeux.

Quand Épiphanie et Maxime rentrèrent, Mme Ducastel annonça qu'elle refusait de laisser entrer Sami à la grande maison.

« Il est trop crotté, dit-elle en montrant Sami.

— Il va se laver, répondit Maxime.

— Il ne sera jamais propre, ce gars-là. C'est écrit dessus.

— Exceptionnellement, maman. Laisse-le dormir trois nuits et on n'en parle plus.

— Je ne veux pas. C'est toujours la même histoire. On en laisse venir un et, après, on a toute la famille sur le dos. Ces gens-là, c'est comme le raisin. Ils vivent en grappe.

— Qu'est-ce qu'on fait, alors ?

— Tu te débrouilles. C'est tes oignons. Pas les miens. »

C'est ainsi que Sami se retrouva à coucher chez moi, dans la petite maison. Je lui laissai mon lit et dormis dans le pigeonnier, c'est-à-dire dans le ciel.

Je m'y sens bien mieux qu'en bas, dans le bourbier où nous pataugeons tous.

J'avais pleuré au baptême d'Épiphanie. J'ai pleuré aussi à son mariage. Mais ce n'était pas pour la même raison.

À la messe de mariage, je suis sûr qu'elle pleurait au plus profond d'elle-même. Ça ne pouvait pas être autrement. On va souvent voir ailleurs si on y est. Il arrive qu'on y reste. C'est là que le malheur commence.

Elle n'avait déjà plus l'air heureuse, Épiphanie. Peut-être à cause des travaux des champs. Sans doute aussi à cause de Maxime. Je ne savais pas ce qu'elle avait cherché à fuir en se jetant dans ses bras, mais j'avais du mal à croire que ça pouvait être pire.

Quand Mme Chevillard disait que son mari était l'homme le plus velu du monde, je crois que, pour une fois, cette exagératrice avait raison. Il avait du crin sur le nez et, ce qui est plus rare, des touffes de duvet sur le front, au-dessus des sourcils.

Le poil, c'est l'homme. Surtout quand il est

noir. M. Chevillard était donc très fier de son système pileux. Qu'il fut moche, avec sa large bouche et son gros nez, n'empêchait pas les femmes de Routot et d'ailleurs de lui jeter, en coin, des regards qui ne trompaient pas.

Tels sont les effets de la toison. Il ne faut pas les négliger.

M. Chevillard était le frère de Mme Ducastel, donc l'oncle de Maxime. Il trônait au milieu de la table du banquet et faisait la conversation pour tout le monde avec les gestes. Il était à son affaire. C'était un parleur professionnel. Il était représentant en machines agricoles.

« Dis, Jésus, s'écria-t-il, qu'est-ce que tu fais avec le vin ? Tu le gardes pour toi ?

— J'arrive, monsieur. Je ne peux pas être partout en même temps.

— Sers-nous bien, dit Mme Ducastel. Y a des jours où il vaut mieux boire. »

Un malaise s'insinua. Maxime serra les dents, comme chaque fois qu'il réfléchissait, puis demanda à sa mère :

« Qu'est-ce que tu voulais dire ? »

Il la regardait droit dans les yeux. C'était la première fois de ma vie que je voyais Maxime tenir tête à quelqu'un. Ses mains tremblaient et il les posa sur la table, pour que ça ne se remarque pas.

« Rien, répondit Mme Ducastel. Je ne voulais rien dire. Juste que j'ai soif.

— Eh bien, bois, maman. »

Je venais de lui servir son verre. Elle le leva et dit :

« À ta santé, mon fils.

— À la nôtre », fit Maxime.

L'air se détendit et tout le monde se mit à rire, même Sami.

Apparemment, M. Chevillard avait été interrompu dans le fil d'un discours important. Il se racla la gorge, à plusieurs reprises, pour indiquer aux bavards qu'il reprenait son histoire.

« C'est quelque chose d'incroyable, dit M. Chevillard. Un gros comme ça, je pensais pas que c'était possible.

— Ça devait exister dans le temps, laissa tomber M. Muche, son voisin de table.

— Oui, sûrement, y a longtemps, quand y avait encore des hommes.

— T'as raison. Y a plus d'hommes », fit Mme Ducastel, qui avait retrouvé le sourire.

M. Chevillard se frotta les yeux pour faire l'étonné :

« C'est bien simple. Quand je l'ai vu, je l'ai pas cru. Les sangliers de maintenant, c'est plus ça. On dirait de gros rats.

— Ou de petits cochons.

— Aujourd'hui, c'est plus du jeu, la chasse. Mais avec ce bestiau-là, ça sera autre chose. Un jour, je l'aurai, je le sens dans mes tripes.

— Il paraît qu'il a décousu trois chiens à mort le même jour.

— C'est vrai. Oublie pas que c'est un sanglier qui a tué Philippe le Bel et que ces bêtes-là n'hésitent pas à traverser la baie de Seine à la nage, quand elles cherchent de nouveaux territoires. »

Maxime demanda, un doigt levé :

« Quand tu iras le chasser, je pourrai venir avec toi, tonton ?

— Bien sûr que tu pourras. J'ai besoin de tout le monde. Mais je veux le tuer moi-même. Faut que ce soit le contrat entre nous.

— Je le signe.

— Parce que si je le tue pas moi-même, ce sanglier, il sera toujours un regret pour moi.

— Un remords, corrigea M. Muche.

— Non. Un regret. »

Je dois dire que je n'avais pas compris cet échange. Les deux hommes n'étaient pas les moins cultivés du canton. On aurait même pu croire, à les entendre trancher de tout, qu'ils avaient leur baccalauréat. Mais M. Chevillard l'avait raté et M. Muche avait arrêté ses études avant.

Alors que je passais à côté de lui, M. Chevillard

m'empoigna et, après avoir pris les autres à témoin, pointa son index vers le ciel en pouffant :

« T'as vu l'oiseau mort, Jésus ? »

Je cherchai dans le ciel.

« Non », dis-je.

Tout le monde rit.

C'était le genre de blague qu'il aimait, M. Chevillard. J'étais toujours un bon client pour lui.

Après ça, il ne dit plus mot. Quelque chose le rongeait au-dedans. Il se mangeait les lèvres, où il avait, c'est vrai, de quoi faire, avec un air nerveux et absorbé. J'en compris plus tard la raison.

La table avait été dressée dehors, côté sud, sur le trottoir qui bordait la grande maison. Les invités ne pouvaient pas surveiller les voitures qui avaient été garées côté nord, dans le clos par lequel on arrivait, et d'où, pour plus de sécurité, le bétail avait été évacué.

Après le fromage, M. Chevillard, n'y tenant plus, se leva et partit.

« Où est-ce que tu vas ? » demanda Mme Ducastel.

Il posa son index sur les lèvres et dit :

« Là où le Roi-Soleil allait tout seul, dans un endroit que la décence m'interdit de préciser davantage. »

Cet homme avait des lettres, je vous le répète. Il est rare que l'on parle comme ça dans nos campagnes.

Quelques secondes plus tard, un cri retentit de l'autre côté de la grande maison. C'était une plainte venue du plus profond de la douleur, un mugissement à faire fuir les nuages.

Tout le monde accourut. M. Chevillard s'époumonait à côté de sa grosse voiture :

« On m'a volé mon au-to-ra-di-o. »

Il hurla la nouvelle à deux ou trois reprises, pour qu'elle entre bien dans les têtes.

Je suis sûr que M. Chevillard n'était pas allé faire pipi mais vérifier que personne n'avait touché à sa grosse voiture. Elle était comme une femme, pour lui. Il n'était pas question de la partager. Qu'on en ait forcé la portière, ça le faisait frissonner de tout son corps, comme les acteurs des tragédies anciennes qu'on voit à la télévision. Je trouvais qu'il faisait beaucoup de bruit pour rien.

Mme Ducastel s'approcha de Sami et de moi avant de dire à voix basse :

« Je ne suis pas voyante mais j'ai toujours pensé que ce mariage porterait malheur. »

Je ne répondis pas. Je ne réponds jamais. Maman m'a appris ça. Si elle l'avait su avant, elle n'aurait jamais été virée par la châtelaine.

« C'est forcément un coup des Papavoine, dit Maxime.

— Qu'est-ce qui le prouve ? demanda l'abbé qui me parut bien cartésien.

— Ça ne coûte rien d'aller voir. »

Maxime monta dans sa vieille voiture pour aller prendre chez les Papavoine des nouvelles de l'autoradio. Il était accompagné, pour cette expédition, de M. Chevillard et de l'abbé. Moi, je décidai de m'y rendre par mes propres moyens, en courant à travers champs, comme j'aime.

Ce n'était pas la saison mais ça ne les empêcherait pas de s'aimer. Ils se dressaient l'un contre l'autre, dans la tiédeur du talus. Ils se caressaient, s'enlaçaient et s'embrassaient. C'est tout ce qu'ils savaient faire.

Ils avaient mis une croix sur le monde. Dans leur tête, il n'y avait plus de place que pour eux deux et ils se le disaient sans bruit, avec tendresse et majesté. C'est pourquoi ils restaient dans l'ombre, loin du ciel et du chaud.

Le talus était mouillé et les deux escargots gluaient d'humidité. Ils étaient comme des amants après l'effort mais ils commençaient seulement le leur. Ils avaient tout leur temps. Leur amour aurait été éternel si on leur avait donné l'éternité.

Les deux escargots jouaient de chaque ressort de leur corps, la bave, les lèvres, les antennes, le mou du dessous. Ils savaient tout : l'extase, les baisers, les attouchements, les étreintes. Rien que de les regarder, ils donnaient du bonheur. Ils imposaient aussi le respect. On ne devrait pas avoir le droit de manger des animaux qui s'embrassent, surtout comme ça, avec tant d'amour.

La petite fille les regardait faire, avec une pâquerette entre les lèvres, quand elle entendit passer sur le chemin la voiture de Maxime.

Les Papavoine habitaient une caravane dans une propriété d'un hectare avec une mare, au Val-de-Cul. Ils étaient arrivés là, il y a une dizaine d'années, avec l'idée d'aménager la grange à colombages qui trônait au milieu du clos. C'était une ruine. Les années avaient passé et la ruine, une nuit de tempête, était tombée. Personne, depuis, ne l'avait ramassée et les orties s'étaient installées par-dessus.

Quand la voiture de Maxime entra dans le clos, avec la petite fille qui courait derrière, les deux fils Papavoine sortirent en même temps de la caravane. Ils avaient tous les deux quelque chose d'insolent dans la bouche et dans les yeux. C'était le genre à se moquer tout le temps du monde. Même quand ils dormaient.

« On vient chercher l'autoradio qu'on m'a volé,

dit avec autorité M. Chevillard en sortant de la voiture.

— Quel autoradio ? demanda, étonné, le plus grand des deux frères.

— Mon autoradio. »

Les fils Papavoine se retrouvèrent vite cernés par Maxime et les autres. Apparemment, ça ne leur faisait ni chaud ni froid. Ils avaient toujours leurs têtes à claques.

« Vous allez me rendre mon autoradio, oui ou merde ? demanda M. Chevillard.

— On l'a pas. On l'a même jamais vu. Vous pouvez tout fouiller si vous voulez... »

Le plus grand des deux frères fit signe à M. Chevillard d'entrer dans la caravane. Il essuya un refus sous la forme d'un haussement d'épaules.

« Si vous me proposez de regarder là-dedans, dit M. Chevillard, c'est que vous l'avez pas planqué ici.

— Je vois pas où on aurait pu le planquer ailleurs. »

M. Chevillard prit un air abattu et soupira :

« C'est un monde, ça. Maintenant, les autoradios s'envolent.

— Normal. Avec le vent qu'il y a, parfois.

— Si t'étais mon fils, y a longtemps que t'aurais pris une taloche.

— Si t'étais mon père, tu l'aurais reçue avant. »

Les trois enfants Papavoine se mirent à rire.

Didi, le plus âgé des frères, avait treize ans. Roro, le second, onze ans. Cricri, la petite fille, sept ans. Les regards complices qu'ils échangeaient tout le temps ne trompaient pas. C'était une famille très unie.

Sans doute ému par le tableau, l'abbé demanda avec cette bonté que seuls les prêtres savent mettre dans un sourire :

« Où est votre mère, mes enfants ? »

Didi le regarda longtemps sans rien dire, puis laissa tomber :

« Elle est morte. Y a longtemps.

— Pardonnez-moi. »

Après un silence, l'abbé reprit :

« Et votre père, que fait-il ?

— Il est parti au cinéma. Avec Mustafette, sa copine.

— Il a dit : "Je reviens de suite", précisa Roro.

— C'est toujours ce qu'il dit.

— Mais il revient quand il peut.

— Jamais avant minuit.

— Il a pas d'heure, comme type.

— C'est un artiste, not' père. »

Didi fixa M. Chevillard puis l'abbé bien au fond des yeux et dit d'une voix moqueuse : « Vous voulez peut-être qu'on lui fasse une commission ? »

M. Chevillard poussa un grognement puis tourna les talons. Les autres le suivirent.

« Pauvres enfants », murmura l'abbé, qui fermait la marche.

Dieu s'aime. Sinon, il n'aurait pas fait l'homme à son image. Quand il nous regarde, c'est comme s'il se regardait dans la glace. C'est pourquoi il s'arrange pour ne pas nous voir lorsqu'on est moches et fatigués.

Moi aussi, je m'aime. Depuis que je me connais, je n'ai trouvé aucune raison de me haïr. Je suis même la personne qui, depuis la mort de maman, me plaît le plus au monde. Je ne sais pas avec qui Dieu fait l'amour. Là où il est, il n'a que l'embarras du choix. Ce n'est pas mon cas. Je me contente donc de faire l'amour avec ce que j'ai sous la main, c'est-à-dire moi-même. Ça n'est pas très excitant mais c'est assez commode.

Dans le village, comme on ne me connaît pas de femme, on dit que je suis pervers. C'est faux. Je suis voyeur. Ça n'est pas la même chose. Je n'ai jamais trouvé de beauté dans les scènes d'amour, fussent-elles pleines de retenue, comme chez les escargots, les crapauds ou les poissons. Au contraire, j'observe toujours les accouplements avec un certain effroi. Chaque fois, c'est comme si j'assistais à un crime. Mais j'aime cette sensation.

Le coq prend la poule par surprise et, les serres sur sa proie, comme l'aigle, il la paralyse en lui tenant le cou avec son bec, le temps de lui laisser son petit souvenir. Dans le clapier, le lapin, qu'on dirait la douceur même, prend sa partenaire par-derrière, lui mange la nuque et rentre frénétiquement dans son popotin avec la délicatesse d'un charpentier enfonçant son clou à coups de marteau. Le taureau n'est pas plus civilisé. Pour accomplir sa besogne, il escalade la vache et lui laboure le dos avec un tel manque de respect qu'elle finit par pousser, parfois, le cri de la terre sous la charrue.

Quand il n'a plus son pantalon, l'homme est un animal comme les autres. Maxime, lui, devenait carrément bestial. Il m'a souvent fait peur alors que je rêvassais dans la buanderie, affalé sur mon vieux fauteuil fatigué, et qu'un hurlement de femme s'élevait soudain dans la nuit. Ça me brisait le cœur et j'allais tout de suite retrouver Épiphanie au fond d'elle-même pour l'aider à tenir, à défaut de résister.

Maxime faisait l'amour à la manière des bêtes, avec un désir fort comme la mort. Il lui fallait de la boue, des secousses, des meuglements, des convulsions, des naseaux fumants, des sabots claquant dans la boue et des ongles noirs de purin. Cette femme dans son lit lui permettait de se venger de la terre entière. Je n'arrivais pas à comprendre comment Épiphanie pouvait supporter ça, et j'avais de la peine quand, le matin, elle avait cet air apaisé des gens qui ont eu ce qu'ils voulaient.

Un dimanche où les Ducastel étaient allés déjeuner chez les Chevillard, je suis monté dans la chambre de Maxime et d'Épiphanie. J'y suis resté une heure pendant laquelle j'ai inspecté les armoires. Comme Dieu, j'ai besoin de tout savoir. En regardant les robes, les chaussettes ou les chemisiers, je n'ai rien appris mais, à la fin de ma visite, j'avais le sentiment de mieux comprendre Épiphanie. Ces habits sentaient la joie. Je garderai toute ma vie en moi l'odeur de ces tiroirs.

Juste avant de m'en aller, j'aperçus sur un tabouret la bible d'Épiphanie. Je l'ouvris et tombai sur une feuille de papier que je dépliai :

Seigneur,

En Amérique, il y a des papillons qui, pendant leur migration, volent à huit mille mètres d'altitude, sans bouger les ailes. On les appelle les monarques. Ce sont les rois du ciel. Ils se laissent guider par les vents. Je suis comme eux mais, moi, je ne sais pas où les vents me conduisent. C'est pourquoi j'ai peur, parfois. Mon Dieu, dites-moi où je vais.

Même si je ne suis pas doué pour les prédictions, je savais où elle allait mais pour rien au monde je ne le lui aurais dit. On ne l'aurait plus revue.

C'était la nuit mais le jour n'était quand même pas parti. Toute la campagne trempait dans un grand étang lunaire. Il faisait tiède et l'air grisait, comme du vin.

Les deux escargots s'aimaient encore l'un dans l'autre quand le hérisson s'avança lentement, sans faire de bruit. Déjà, en temps ordinaire, ils n'entendaient rien. Là, en plus, ils étaient au septième ciel, dégoulinant de bonheur. Plus rien ne comptait en ce monde, sauf l'amour qui les transportait ailleurs, dans leur bave.

Le hérisson ne prit même pas la peine de les regarder avant de les manger. Il tendit le museau et croqua l'un des deux escargots, tout gigotant et humide de vie, tandis que l'autre tentait de rentrer dans sa coquille, sans succès, car il était prisonnier de la verge plantée en lui.

Quand il eut tout fini, le hérisson lécha les coquilles cassées. Il aimait bien cette chair qui palpitait en lui, avec son jus vivant. Après quoi, il renifla le lieu du crime à la recherche du dernier morceau, puis reprit son chemin en direction de la mare par le talus d'herbes qui, sous la lune, avaient l'air blanchies au givre.

C'est là que les crocs s'abattirent sur son crâne. D'abord, un bruit d'éboulis emplit sa tête. Ensuite, ses yeux qui pleuraient le sang ne virent plus que du noir. Il se mit en boule mais il sentait bien qu'il ne pourrait pas s'y maintenir longtemps : ses nerfs ne répondaient plus. Il finit par s'abandonner aux mâchoires qui, dans leur tenaille, le secouaient furieusement.

Le ciel se mit à sonner au-dessus, tandis qu'un creux s'ouvrait en lui, par lequel tout s'enfuyait. Quand, enfin, le hérisson perdit connaissance, le renard le posa par terre. Pas longtemps. Au bout de quelques secondes, il fila précipitamment, sa proie dans la gueule. Ça puait le sanglier, tout d'un coup. C'était l'odeur du grand solitaire de la forêt. Il venait boire à la mare.

Un soir, Mme Ducastel se mit à pousser des hurlements qu'on pouvait entendre à cinquante mètres, jusque dans la petite maison où je me trouvais. Sa voix annonçait un tel malheur que je me mis à frissonner quand elle cria, en se tordant les mains, sur le pas de la porte :

« On m'a volé deux couteaux en argent. Deux couteaux du service de maman.

— Tu es sûre ? demanda Maxime, qui regardait la télévision.

— Ils ont disparu. C'était ce que j'avais de plus cher au monde. Chaque fois que je mangeais avec, ça me rappelait maman.

— Tu les retrouveras.

— Si le voleur me les rend.

— Parce que tu le connais, le voleur ?

— Bien sûr. C'est Sami.

— Pardon ?

— Tu as bien entendu. Il n'est pas garagiste. Il n'a pas de métier, ce gars-là. C'est écrit sur son front.

— Comment tu peux dire ça ?

— Je l'ai su dès que je l'ai vu. Il fait chômeur, Sami. C'est pour ça qu'il a l'air triste. En plus, il est voleur. Il regarde jamais dans les yeux, comme les voleurs. »

Mme Ducastel prit sa respiration avant de s'époumoner :

« Ces couteaux qu'on m'a volés, c'est comme si maman mourait une deuxième fois. »

Après quoi, elle pleura très fort pour que, jusqu'à la lisière de la forêt, tout le monde fût bien au courant de son chagrin.

Les jours suivants, Mme Ducastel revint souvent à la charge, pour cette affaire de couteaux volés, de préférence devant Épiphanie, qui rougissait alors de colère.

Un matin, alors que nous étions en train de changer de clos deux génisses amouillantes, j'assistai à une prise de bec entre la belle-mère et sa bru. Comme d'habitude, c'est Mme Ducastel qui ouvrit les hostilités.

« J'aurais un frère comme Sami, dit-elle, je le jetterais à la poubelle.

— Vous savez bien qu'il n'a pas volé les couteaux.

— Si c'est pas lui, c'est qui ? »

De peur de figurer sur la liste des suspects, je restai derrière elles en me faisant tout petit.

« Si c'est pas lui, dit Mme Ducastel, ça ne peut être que vous.

— Non. Ça peut être aussi Maxime.

— On ne vole pas ce qui vous appartient déjà. Tout ce qui est à moi est à lui...

— ... et à moi aussi.

— Sûrement pas.

— Nous avons décidé de tout partager.

— Non. Pas le service en argent de maman. Ni

la ferme. Ni rien. Vous ne partagerez jamais que votre lit. Ça tombe bien. C'est votre spécialité. »

Épiphanie fondit en larmes.

Je fus témoin de plusieurs scènes de ce genre jusqu'à ce que je me décide à mettre un point final à cette histoire. Le dimanche suivant, alors que les Ducastel étaient à la messe, j'allai chercher les couteaux dans la chambre de la belle-mère où je les trouvai sans difficulté, sous le sommier. Mes pressentiments se vérifient toujours.

Je rangeai les deux couteaux dans la petite valise qui contenait le service de la mère et, quand les Ducastel rentrèrent de l'église, je dis à Maxime :

« Tu as vérifié que les couteaux n'étaient pas avec les autres couverts du service ?

— Non. J'aurais dû vérifier. »

Maxime partit voir et poussa, peu après, un cri de joie. « Ils sont là », s'écria-t-il. Sa découverte plongea Mme Ducastel dans la consternation. Ça lui donna l'air encore plus triste qu'avant.

Ce jour-là, Mme Avisse avait demandé à Maxime de venir la voir avec Épiphanie, qu'elle ne connaissait pas. Elle voulait qu'il la lui présente.

C'était la fille d'un gros déménageur de Rouen qui, pour sa retraite, avait acheté un manoir du

XIXe siècle avec un grand parc. On l'appelait la châtelaine, à cause de ses manières.

Elle était la voisine des Ducastel. Maxime lui servait d'homme à tout faire. Il fauchait ses chardons, taillait ses haies, réparait ses clôtures et lui achetait son herbe, c'est-à-dire qu'il mettait ses bêtes à brouter sur les quinze hectares de pré de Mme Avisse.

Autrefois, du temps où maman travaillait chez la châtelaine, les tâches dévolues à Maxime étaient accomplies par les Crochemore, un vieux couple d'originaux, relégués aujourd'hui à l'hospice de Bourg-Achard. Ils avaient une truie, Ninon, qu'ils traitaient comme un chien. Sauf qu'elle était bien plus maligne. Elle avait même des sentiments. Je peux en témoigner. Je l'ai vue amoureuse.

Elle s'était entichée du facteur, un homme mou à double menton qui portait toujours les mêmes habits, et notamment la même chemise. Je ne lui en connaissais pas d'autre. Il avait une excuse. Il n'avait pas de femme pour son linge. Rien qu'à le regarder, on comprenait pourquoi. Je ne voyais pas ce que Ninon pouvait lui trouver. Mais la vie m'apprit, depuis, que l'amour lui-même est bien plus important que son objet.

Chaque fois que le facteur venait apporter le courrier chez les Crochemore, Ninon ne se tenait plus. Elle tournait autour et se frottait contre ses jambes avec des regards implorants de femme aimante. Souvent, elle partait avec lui et ne revenait que plusieurs heures après, l'air satisfait. Moi, j'étais content pour elle. Les cochons aussi ont le droit d'avoir du bonheur.

Ce n'était pas une amourette. C'était un grand amour qui se consommait sur les talus, dans les bois ou dans les granges. L'histoire amusait beaucoup les Crochemore. Comme ils ne parlaient à personne, ils furent longtemps les seuls à savoir. Jusqu'au jour où ils eurent le tort de tout dire à Mme Avisse, qui s'était étonnée d'avoir vu le facteur et sa truie se promener ensemble. Quand elle apprit la vérité, elle s'étouffa d'indignation :

« C'est effrayant ce que c'est dégoûtant. Et, en plus, ça se passe chez moi. »

Elle porta plainte et le facteur fut traduit devant une commission de discipline qui, jugeant sans doute que cette liaison nuisait à la bonne distribution du courrier, décida de le renvoyer.

Le facteur n'avait rien compris. Il n'est pas permis à l'homme d'aimer tout le monde. Il n'a droit qu'à certaines catégories. Dieu, à toutes. Quand nous cherchons à dépasser notre condition, nous commettons un péché ou un crime : le Seigneur ne supporte pas qu'on se prenne pour lui. C'est ce qui avait perdu le facteur. Il était sorti du chemin.

Chaque fois que je pense à lui, je revois son air

hagard, la dernière fois que je le croisai, après que le scandale eut éclaté. Il lui fallut quitter le village. Depuis, j'ai souvent essayé de retrouver sa trace pour lui envoyer mes bonnes pensées. Mais il n'a pas laissé d'adresse.

La truie ne s'en tira pas mieux. La châtelaine décida qu'il fallait la tuer de toute urgence.

« Elle n'y est pour rien, protesta maman.

— Vous êtes là pour faire le ménage. Pas des commentaires.

— Je veux juste dire que je ne suis pas d'accord.

— Faites attention : vous répondez, ma fille. C'est très grave de répondre.

— Et alors ?

— Je n'aime pas l'insolence.

— Moi non plus. L'insolence, c'est d'empêcher les gens de dire ce qu'ils pensent.

— Je vous aurai prévenue, ma fille.

— J'ai quand même le droit d'avoir mes opinions.

— Pas ici. La preuve, c'est que je vous vire. »

C'est ainsi que les amours du facteur et de Ninon firent une troisième victime : maman, qui se retrouva sur le carreau de sa cuisine à pleurer des jours entiers, jusqu'à ce que la maladie l'emporte. Vous avez compris que j'avais toutes les raisons d'en vouloir à Mme Avisse.

Elle avait sur les mains le sang du cochon et sur

la conscience la mort de maman. Sans oublier le malheur du facteur. Mais ça ne l'a jamais gênée.

Il y a des gens comme ça. Ils peuvent vivre avec plein de saletés sur les mains ou sur la conscience. Tout passe à travers. C'est parce qu'ils n'ont rien dedans.

Le jour dit, en regardant Épiphanie et Maxime attendre qu'on leur ouvre sur le perron du manoir, je tremblais de haine. Mme Avisse était la seule personne au monde que je détestais vraiment.

La châtelaine elle-même ouvrit. On aurait dit que son visage avait surgi d'un champ de bataille où elle avait failli succomber. La nuit lui infligeait toujours les mêmes outrages. Il lui fallait plusieurs heures pour en effacer les effets.

En les conduisant au salon, Mme Avisse demanda à Épiphanie, sur un ton qui se voulait protecteur :

« Vous êtes de la région, madame ?

— Non. De Clichy.

— Alors, ça vous change.

— Un peu. »

Quand ils se furent assis, Mme Avisse se tourna vers Maxime :

« Vous avez bon goût.

— Merci, madame.

— Je vous félicite. »

Elle baissa la voix en clignant de l'œil :

« C'est une belle plante. J'espère simplement qu'elle va vous réveiller. Vous en avez besoin, vous savez. Les mauvaises herbes sont en train de prendre possession de ma propriété.

— Je fais ce que je peux.

— Vous pouvez peu.

— Pour vous, ça n'est jamais assez. J'ai tellement de choses à faire. »

Il leva les yeux au plafond, avec un demi-sourire :

« Seigneur, si vous saviez.

— Parce que vous croyez qu'il s'intéresse à vous ?

— Je ne crois pas. Sinon, il nous rendrait la vie plus facile. Je n'arrête pas de me décarcasser. Pour pas un rond, en plus. La viande, ça ne rapporte presque rien, aujourd'hui. Si ça continue, on va la vendre à perte.

— C'est la crise.

— Mais il faut bien que je gagne mon manger, surtout maintenant, avec une femme de plus à demeure. Alors, j'en fais trop, vous comprenez. J'ai même plus qu'un gars pour m'aider quand mon père il en avait quatre. C'est pour ça que votre clos n'est pas propre. »

Il hocha la tête, à plusieurs reprises, comme pour se pénétrer de ce qu'il disait :

« Je vais quand même m'en occuper, de votre

propriété. J'en ferai un peu tous les jours, quand j'aurai fini les blés. L'an prochain, il sera comme un sou neuf, votre clos.

— C'est déjà ce que vous m'aviez dit l'année dernière.

— Là, je vous promets, madame.

— Bien, Maxime. J'en accepte l'augure. »

Elle se leva et respira profondément pour prévenir de l'importance de ce qui allait suivre.

« J'ai une proposition à vous soumettre, dit-elle. Si ça peut vous arranger, j'ai besoin d'une femme de ménage de complément. La mienne n'y arrive plus.

— C'est vrai que c'est très grand chez vous, approuva Maxime.

— J'ai besoin de quelqu'un, disons, quatre après-midi par semaine. Pour les carrelages. J'aime qu'ils soient parfaits. Et puis aussi pour la cuisine. Je veux qu'on me la brique.

— Vous avez raison. »

C'est ça qui est bien, quand on a un château : tout le monde est toujours d'accord avec vous.

Tout mon problème est là. Je n'ai pas de château. C'est aussi le problème de Dieu. S'il en imposait davantage, je suis sûr qu'il serait plus écouté et que ses églises seraient pleines.

Voilà où va l'homme : à la soupe. Qu'attend Dieu pour remplir les écuelles ?

En attendant, Maxime n'arrêtait pas d'être d'accord avec la châtelaine.

« Je voudrais aussi, reprit Mme Avisse, qu'on me décape les poutres du salon pour qu'elles retrouvent la vraie couleur du bois.

— C'est une bonne idée.

— J'aime tout ce qui est naturel.

— Nous aussi », opina Maxime.

Mme Avisse se tourna vers Épiphanie :

« Ça vous intéresse ?

— Sans hésitation », répondit Maxime en posant sa main sur le genou d'Épiphanie.

Les lèvres d'Épiphanie s'entrouvrirent mais aucun mot ne les franchit. Elle hocha la tête puis baissa les yeux.

III

Tous les lundis, Mme Ducastel faisait un gâteau au chocolat pour son fils. C'était toujours la même recette avec un glaçage noir et six cerises confites par-dessus. Il reposait toute la semaine sur le bac à légumes, dans le réfrigérateur.

Il ne fallait pas y toucher. C'était le gâteau de Maxime, qui en prenait une part ou deux chaque jour, et le finissait généralement le samedi, de manière à pouvoir profiter du gâteau du dimanche. Quelque temps après son arrivée, Épiphanie avait demandé à Mme Ducastel si elle pouvait en prendre un morceau. Elle s'entendit répondre :

« Mais vous n'y pensez pas. C'est rien que pour Maxime et pas pour les autres. Vous avez dedans tout l'amour d'une mère. Ça ne se partage pas, cette chose-là. »

Il faut croire qu'il était bon, ce gâteau ou cet amour, car Maxime, qui était du genre bâfreur, le mangeait lentement, avec une délicatesse que je ne lui connaissais qu'en cette circonstance.

Trois semaines après le mariage, j'entendis, un matin, à l'heure du petit déjeuner, un hurlement s'élever dans la cuisine de la grande maison. C'était Mme Ducastel qui venait d'ouvrir le réfrigérateur.

« Qu'est-ce qui est arrivé au gâteau ? cria-t-elle. Il ne reste presque plus rien.

— C'est pas possible, dit Maxime.

— Viens voir..

— C'est pas possible, répéta Maxime.

— Tu es sûr que ça n'est pas toi ?

— J'en aurais gardé plus. On est que mardi.

— Alors, qui a pris du gâteau, si c'est pas toi ?

— Ce n'est pas moi, dit Épiphanie.

— Si c'est pas vous, ça veut dire que c'est moi ?

— Je n'ai pas dit ça.

— Vous l'avez sous-entendu.

— Même pas. Je n'accuse personne.

— Encore heureux.

— C'est peut-être Jésus, hasarda Maxime.

— C'est pas son genre. Il est bizarre, c'est sûr, mais il est très correct, comme gars.

— Si c'est pas Jésus, je ne vois pas qui ça peut être, dit Maxime.

— Moi, je sais qui et ça me fait beaucoup de peine.

— C'est qui ?

— Une personne qui vit ici avec nous. Qui veux-tu que ce soit ?

— Épiphanie a dit que c'était pas elle.

— Si c'est pas elle, ça peut être que moi. On en revient toujours là. »

Mme Ducastel se mit à pleurer.

« Mais je sais bien que c'est pas toi, maman, dit Maxime. Tu serais incapable de faire un truc pareil.

— Je n'aime pas ce qui se passe dans cette maison en ce moment, mon garçon.

— Je voudrais que tu m'excuses de t'avoir fait de la peine. Sans toi, je ne sais pas ce que je ferais.

— J'ai peur, Maxime. J'ai très peur. Je sens qu'il va se passer de vilaines choses. Ça me donne de l'arthrite, comme chaque fois que je me fais du mouron. »

De l'endroit où j'écoutais leur conversation, juste derrière la fenêtre de la cuisine, je ne pouvais voir le visage d'Épiphanie mais je me l'imaginais bien. Face aux pauvres stratagèmes de Mme Ducastel, elle se retrouvait seule, comme d'habitude. Maxime ne la défendait pas. Il ne défendait jamais personne.

L'oiseau battait ses ailes comme une mouche prise au piège. Il n'arrivait pas à décoller. Il s'affolait, à force. La grenouille qui le tenait par la patte le tirait peu à peu vers la mare où elle finit par disparaître avec lui.

Ce fut le silence, un silence de mort.

Quelques secondes plus tard, la grenouille revint à la surface, l'oiseau crevé à la gueule. Il était devenu gluant et bleu. Elle regarda le ciel, avança par petits bonds, replongea en faisant des ronds dans l'eau, avant de reparaître au bord de la mare, où elle commença à avaler sa prise, avec une patience de boa.

Cricri, qui observait la scène, était à la fois fascinée et retournée. Elle était venue prier devant la tombe de son père, une petite croix en bois au bord de la mare, quand elle avait entendu le battement d'ailes. Elle avait tout de suite pris le parti de la grenouille, car elle était belle comme un paquet-cadeau alors que l'oiseau avait tout de la crotte, même l'humidité.

Quand la grenouille eut englouti l'oiseau, Cricri reprit sa prière devant la croix au-dessous de laquelle reposait Papavoine père. Elle implorait le Seigneur de le laisser au Paradis. Elle savait qu'il serait dur à convaincre. Dieu est infini. Il n'y a que sa miséricorde qui, parfois, a des limites.

Mais c'est vrai qu'il avait commis des tas d'erreurs, Jacky Papavoine. La dernière fut, pour faire peur à Cricri, de vouloir simuler une pendaison. La chose avait beaucoup amusé les frères. Quand il s'était mis la corde au cou et qu'il avait fait tomber la chaise pour se balancer comme les pendus, Didi et Roro étaient morts de rire. Leur père était mort sur le coup.

Il ne savait pas que les pendus expirent en moins de temps qu'il ne faut pour s'en rendre compte.

Le jour où Épiphanie entra à son service, Mme Avisse lui donna un papier sous une chemise plastifiée. « Il faudra que vous le gardiez, dit-elle. Ce sont mes instructions.

— Merci bien, dit Épiphanie en baissant les yeux.

— Pouvez-vous le lire tout de suite à voix haute devant moi ? Comme ça, vous vous en souviendrez mieux. »

Épiphanie s'exécuta et lut :

Mes dix commandements.

M'appeler madame, car je ne suis pas n'importe qui.

Ne jamais me regarder dans les yeux. Je ne supporte pas l'insolence.

Ne pas oublier d'enlever la poussière sous les meubles.

Ne pas jurer chez moi. Je ne veux pas que Dieu se venge sur ma maison.

Ne pas me parler, sauf si j'ai envie de faire la conversation.

S'habiller propre et se laver régulièrement, surtout les dents et les cheveux. Je n'aime pas les odeurs.

Ne pas prendre d'initiative.

Ne jamais se décrotter le nez ou les oreilles devant moi.

Ne pas écouter aux portes.

Garder ses états d'âme pour soi et sourire tout le temps, même quand on est malheureux.

Il y a trente ans, maman avait eu à respecter les mêmes « règles de bonne conduite ». Les années avaient passé. Mme Avisse avait vieilli. Mais ses manies n'avaient pas changé. C'est souvent la seule chose qui reste, chez les gens.

C'était devenu une maladie. Il fallait que je passe toutes les nuits sur mon fauteuil de la buanderie à écouter les bruits de la chambre du dessus. Je n'arrivais toujours pas à m'habituer. Chaque fois qu'ils s'aimaient, tous les deux là-haut, ça me fendait le cœur. Maxime prenait moins souvent Épiphanie qu'avant mais, quand le lit se mettait à grincer, elle ne parlait plus. Elle pleurait, maintenant.

Une nuit, alors qu'elle sanglotait à moitié en reniflant beaucoup, Maxime arrêta son va-et-vient pour demander :

« Tu ne m'aimes plus ?

— Si, je t'aime. Mais, parfois, j'aime trop l'amour. Parfois, je ne l'aime plus.

— Donc, tu ne m'aimes pas. C'est l'amour que tu aimes. Pas moi.

— L'amour n'est pas l'amour, Maxime. »

C'était sans doute une pensée profonde. Pour toute réponse, Maxime reprit son va-et-vient mais je suis sûr qu'il ne comprit pas plus que moi ce qu'elle avait voulu dire.

Je sais bien que les amoureux s'abandonnent parfois à la douceur de pleurer. Tous les excès font souffrir, même les excès de bonheur. Quand on les a, on sait qu'on les a déjà perdus. C'est pour ça que les larmes me font toujours de la peine, même quand il n'y a pas de chagrin dedans.

La vache blanche avait la queue à l'horizontale, comme si elle allait pisser. Mais elle ne pissait jamais. Elle mangea quelques feuilles de noisetier dans la haie puis s'allongea dans l'herbe avant de s'y rouler sans que l'on puisse encore bien savoir si c'était par volupté ou à cause d'une démangeaison. Quand elle se releva, un petit filet luisant coulait de son derrière.

Elle écarta les jambes et se mit à brouter un moment mais quelque chose la dérangeait, décidément, et elle décida de s'en débarrasser. Elle plia les deux pattes avant et se coucha dans l'herbe. Elle allongea même la tête, pour voir ce que ça donnait. Mais ça ne partait toujours pas. C'était bien accroché.

Alors, elle se remit debout et son sang, qui battait de plus en plus fort en elle, lui commanda d'attendre. Elle s'exécuta parce qu'elle était très arrangeante, comme toutes les vaches. Deux ou trois minutes s'écoulèrent et ça tomba d'un coup.

C'était un petit veau blanc. Il atterrit, la tête la première, dans l'herbe du champ. Après sa galipette, il resta couché un bon moment, tandis que sa mère le regardait, le léchait et l'embrassait en même temps. Il ne bougeait pas, comme s'il était assommé par tant d'amour maternel.

Quand enfin il se leva et partit avec sa mère en direction du pigeonnier, le renard s'approcha avec précaution, attrapa la délivrance et la tira jusqu'à la haie où il commença à la boulotter.

Maxime, qui avait aperçu le veau de loin, arrivait à grands pas. Il eut le temps d'entrevoir l'ombre qui s'enfuyait dans le dessous des ronces.

« Merde, un renard, dit-il. Il ne manquait plus que ça. »

Mme Avisse aimait bien regarder le derrière d'Épiphanie quand, à genoux, elle lavait le carrelage de la cuisine. Elle aimait beaucoup les derrières, la châtelaine. Sans doute parce que le sien était parti depuis longtemps, s'il était jamais venu.

On aime surtout ce qu'on n'a pas. Mme Avisse avait à peu près tout, sauf ça. Si elle s'était écoutée, elle se serait assise dans un fauteuil pour mieux regarder le derrière d'Épiphanie qui la rendait toute chose. Mais c'eût été mal compris. Elle se contentait donc d'aller et venir, sous toutes sortes de prétextes. Ou bien d'engager, depuis l'embrasure de la porte, d'interminables conversations.

Un jour qu'Épiphanie lavait le carrelage, Mme Avisse l'entreprit sur Maxime :

« Il est gentil, votre mari. Mais il n'est pas un peu trop brutal, parfois ?

— Sa vie est tellement dure, vous savez.

— Je sais, mon petit. Mais ce n'est pas une raison.

— Il travaille trop. C'est ça, la vérité. »

Épiphanie regarda avec un air soumis Mme Avisse, qui se mit à rougir de contentement.

« Rien ne l'oblige à rester agriculteur.

— Personne, c'est sûr. Sauf ses ancêtres.

— Mais ses ancêtres sont morts.

— Ça ne les empêche pas de vivre une autre vie parmi nous.

— Les morts ne sont pas vivants.

— Ils sont toujours là, vous savez bien. Il ne faut pas leur faire de peine.

— Croyez-moi, mon petit. Votre mari ferait mieux de se trouver un petit boulot en ville. Sinon, vous aurez de plus en plus de mal à joindre les deux bouts.

— Il ne peut pas faire ça à ses ancêtres. Ils seraient trop malheureux. Et puis c'est une question d'honneur. »

Mme Avisse haussa les épaules :

« Quand il n'y a pas de potage, il n'y a pas d'honneur.

— Quand il n'y a pas d'honneur, madame, le potage ne sent pas bon. »

La châtelaine roula de grands yeux avant de dire, la bouche tordue, comme si elle avait sucé un citron :

« Mon petit, vous n'êtes pas obligée de vous arrêter de travailler quand on se parle. Sinon, ça va me faire très cher de l'heure. »

Épiphanie baissa les yeux et retourna à son ouvrage, sur le carrelage.

Maman était communiste. Par bonté. Car elle était très charitable, comme femme. Sauf qu'elle n'avait pas les moyens de son cœur.

Dans la vie, c'est souvent comme ça : les plus pauvres sont les plus généreux. Mais ça leur est plus facile. Soit ils ont déjà tout donné. Soit ils n'ont jamais rien eu à donner.

Ma sainte mère donnait tout, y compris ce qu'elle n'avait pas. Même exsangue, elle aurait continué à se saigner aux quatre veines pour moi. Elle ne savait rien faire d'autre que de sacrifier tout le temps le petit bout qui restait d'elle-même.

Quand c'était pour moi, je comprenais. Mais pour Mme Avisse, je n'étais pas d'accord. Jusqu'à ce qu'elle la vire, la châtelaine traitait maman trop mal. Elle l'attrapait sans arrêt. Le jeudi, quand je n'avais pas cours et que maman m'emmenait avec elle pour éplucher des légumes ou briquer l'argenterie, j'entendais toute la journée des propos du genre :

« Mademoiselle Mortemar, vous avez encore oublié de cirer mes chaussures... Mais qu'est-ce que vous faites, toujours plantée devant moi ? Remuez-vous le derrière... Si vous croyez que je vais continuer à vous payer à rien faire, ma grosse, vous vous mettez le doigt dans l'œil... Depuis que vous vous en occupez, cette maison est un dépotoir... Dites, ça ne doit pas être joli à voir, chez vous... Allez, frottez, ça vous réveillera... Ah mais ! quelle empotée vous faites !... Je comprends qu'une souillon comme vous n'ait pas trouvé de mari. »

C'était ainsi du matin au soir. Maman l'avait à ses basques, pour déblatérer, pendant qu'elle faisait le ménage. Plus Mme Avisse l'enfonçait, plus ma mère se défonçait. Ce n'était pas sa faute. Ma mère ne s'aimait pas. C'est pourquoi je l'aimais pour deux.

Parfois, elle rentrait du château avec des gâteaux. Elle prétendait que c'était Mme Avisse qui les lui avait donnés mais je savais bien que c'était M. Schneider, le facteur, qui n'avait pas encore jeté son dévolu sur Ninon. Il disait son amour ainsi.

Maman me laissait toujours manger tout seul les cadeaux du facteur. Elle disait qu'elle n'avait pas faim. Je faisais semblant de la croire et m'empiffrais jusqu'à ce que je n'arrive plus à bouger la langue. Il fallait voir les yeux de maman me regardant manger. Ils étaient mouillés de béatitude.

C'est mon bonheur qui la rendait heureuse.

« Il faut partager », disait maman. Elle parlait comme les premiers chrétiens, qui se rappelaient encore le Sermon du Christ sur la Montagne. Mais elle ne prenait jamais sa part et il ne fallait pas compter sur les autres pour la lui donner. Surtout pas Mme Avisse.

Chaque année, il y a un matin comme ça. C'est la douceur qui vous réveille. Elle a été posée là par le vent qui, pendant la nuit, est passé sur la terre. Il a rassuré tout le monde. Plus rien ne crie ni ne gémit à la ronde. Le silence s'impose devant l'événement. Le bonheur n'est plus ailleurs; il est partout.

Ce matin-là, un premier grondement s'éleva au loin, chez les Muche, puis un autre, du côté de la forêt, et encore un, près de la mare de l'Enfer. Toutes les moissonneuses-batteuses s'étaient mises en marche au même moment, dans un bruit de fin du monde.

S'avançant enveloppées dans des nuages de poussière, les machines coupaient, déchiraient, dépeçaient et vomissaient. Elles ne gardaient que le grain. Tous les hommes, du haut de leur cabine, avaient une expression de fierté. Ils se prenaient pour les maîtres du monde. Ils semaient le malheur et récoltaient la joie.

Ce jour-là, Maxime aperçut une perdrix qui traînait la patte devant les dents de la machine. Il l'aurait tuée s'il n'avait arrêté net la moissonneuse-batteuse. Sa mansuétude l'avait étonné.

Mais c'était un jour où il n'avait envie de tuer rien ni personne. Il faisait trop beau pour ça.

Les trois enfants Papavoine prenaient rarement leurs repas ensemble. Ils ne mangeaient pas équilibré, comme on dit, mais au gré de leurs envies, un biscuit par-ci, un yaourt par-là. Sans oublier les tablettes de chocolat que Didi volait au supermarché.

Ce jour-là, Didi avait pris un lapin au collet et l'avait fait cuire pour midi, « à sa façon », dans un mélange de crème, d'herbes et de moutarde. Roro mettait la table ou plutôt la planche qui en tenait lieu, tandis que Cricri finissait de préparer sa spécialité pour le dessert : des morceaux de pêches avec du fromage blanc et plein de sucre par-dessus.

La caravane respirait le bonheur. C'est sans doute pour ça que Didi crut bon de rappeler la réalité à Roro et à Cricri :

« Il va falloir qu'on se refasse. On a plus un rond.

— Plus rien du tout ? » s'étonna Roro.

Didi hocha la tête.

« Comment on va faire ? s'inquiéta Cricri. On va quand même pas travailler ! »

Le grand frère regarda sa petite sœur avec compassion :

« Y a sûrement d'autres solutions, Cricri.

— Sûrement, approuva Roro.

— Qu'est-ce qu'il aurait fait, papa, à notre place ?

— Un casse, répondit Roro.

— Il faudra bien préparer notre coup. »

Cricri sortit le pouce qu'elle avait enfoncé au fond de sa bouche et dit d'une petite voix de bébé :

« On n'a qu'à demander à papa de venir nous aider.

— Tu sais bien que c'est impossible, soupira Didi. Quand on est mort, on ne peut plus aider personne.

— C'est ça qui est dommage, dit Roro. Souvent, on aurait bien besoin de lui. »

Cricri insista :

« Y a qu'à lui demander conseil.

— Mais il entend rien là où il est, murmura Didi.

— Il a jamais rien entendu, dit Roro.

— C'est normal. Il était jamais là. »

Après avoir proposé une cigarette à Roro qui refusa d'un signe de tête, Didi l'alluma avec un air important.

« Et moi ? demanda Cricri.

— T'es trop petite pour fumer, je t'ai déjà dit.

— Tu perds rien, dit Roro. Moi, j'ai arrêté. Ça attire le cancer du poumon, la fumée de cigarette. Et je veux pas mourir. »

Cricri posa son dessert sur la table. Didi l'en retira et le posa sur un meuble.

« Il faut jamais mettre le dessert sur la table, en début de repas, expliqua-t-il. C'est pas bon pour la digestion. Parfois, ça donne envie de vomir. »

Soudain, Roro eut l'expression de celui qui vient d'avoir une idée :

« Et si on vendait la vache ?

— On aura plus de lait, dit Didi.

— De toute façon, on en a beaucoup trop », observa Cricri.

Didi posa un regard accablé sur sa sœur puis sur son frère :

« C'est une mauvaise idée. Réfléchissez un instant. »

Ils réfléchirent. Cricri en profita pour se mordre les lèvres.

« Si on fait ça, reprit Didi, on aura plus rien à vendre en cas d'urgence. C'est notre roue de secours, cette vache. »

Il aspira une grande bouffée de cigarette et fit ressortir la fumée par les trous de nez, ce qui conféra beaucoup d'autorité à son propos.

« Je vois pas ce qu'on peut faire d'autre, dit-il. On a pas le choix. Si on veut pas crever de faim, faut qu'on braque une banque ou une station d'essence.

— Pourquoi pas une épicerie ? demanda Roro.

— Un supermarché, ça serait mieux. Y a plus de liquide. »

Il sourit. C'était à cause du magot. Il lui mettait plein de bonheur dans la tête. Les enfants sont des hommes comme les autres.

C'était l'aube. Ç'aurait pu être le crépuscule. La terre et le ciel se confondaient dans la même tristesse, comme chaque fois que le soleil est en grève, quand il fait nuit le jour.

De loin, le renard avait l'air de brouter l'herbe mais, de près, il avalait les cerises tombées pendant la nuit. C'étaient les dernières, celles qui étaient perchées sur les hautes branches et que Maxime n'avait pu atteindre avec son échelle. Souvent, elles étaient pourries. Parfois même, couvertes de moisissures.

Mais ça ne gênait pas le renard. Pour qu'il laisse les cerises de côté, il fallait qu'elles soient noires ou desséchées. Il était trop pressé et avait trop faim pour faire le difficile. Il ne s'embêtait même pas à recracher les noyaux. En passant, il croqua deux ou trois limaces et surprit aussi une petite grenouille grise qu'il goba d'un trait, sans qu'elle ait eu le temps de comprendre ce qui lui arrivait.

Après qu'il l'eut absorbée, il leva le museau. Souriait-il ? On l'aurait dit. C'est alors qu'un coup de feu retentit, puis un second. Les bottes de Maxime s'approchèrent et retournèrent la bête.

C'était une renarde.

Ce jour-là, l'air était plein de bonheur. Il coula en moi et gonfla mes veines quand je m'agenouillai devant l'horizon pour me fondre en lui. C'est quand je ne suis plus rien que je deviens quelqu'un.

Je finis par me mettre à quatre pattes, pour m'abandonner à ma joie et à ma soumission. Le vertige qu'elles ouvraient dans mon corps était si grand que je n'entendis pas Épiphanie arriver derrière moi. Sa voix me fit sursauter :

« Jésus, je ne savais pas que vous étiez croyant. »

Je me retournai.

« Quand on s'appelle Jésus, dis-je, on est obligé de croire en Dieu. On n'a pas le choix. »

Elle rit. J'aimais ses dents, plus que son rire, qui était un peu forcé, comme si j'avais dit quelque chose de bizarre.

« Le reste, continuai-je, je ne sais pas bien ce qu'il faut en penser. »

Elle avait de la sueur sur le visage, et notamment sous le nez. Cette sueur m'excitait. C'est une des choses que j'aime, chez la femme, avec la salive.

« Vous êtes chrétien ? demanda-t-elle.

— J'ai un problème, murmurai-je sur un ton informé. Je sais que Dieu existe, mais je ne sais pas si l'homme existe. »

Elle roula de grands yeux :

« Qu'est-ce que vous voulez dire ?

— Il faut inverser. C'est l'homme qui a créé Dieu.

— Ah oui, dit-elle d'une voix un peu moqueuse.

— Parfaitement. L'homme ayant créé Dieu, c'est lui, le mystère. C'est donc à l'homme d'apporter les preuves de sa propre existence. »

Je n'étais pas dans mon état normal. J'avais trop d'amour en moi. C'est peut-être pourquoi Épiphanie avait un regard en coin, comme si elle avait peur que je m'approche.

Je ne suis qu'un garçon de ferme. Mais, si j'avais voulu, je suis sûr que j'aurais pu l'embrasser. C'est l'avantage, quand on fait des phrases. Les gens n'ont pas l'habitude. Quand on leur parle comme ça, ils se laissent faire plus facilement.

Heureusement que je suis timide. Sinon, je passerais mon temps à tomber les femmes.

La nuit était venteuse et les renardeaux avaient peur. Ils se serraient les uns contre les autres, l'œil inquiet, tandis que s'élevaient du terrier des plaintes qui disaient leur chagrin : « Voupoupoupouiii... »

Mais le ciel ni personne n'entendait rien. Dehors, la nuit soufflait trop fort. Ses hurlements résonnaient jusqu'au fond de la terre.

Le matin, la mère renarde n'était toujours pas rentrée. Cela faisait deux jours, maintenant. Quand ils se dépelotonnèrent et qu'ils sortirent de la chambre ronde, les petits frissonnèrent, comme s'il faisait très froid. C'est toujours comme ça, quand il vous manque quelque chose ou quelqu'un.

Les renardeaux passèrent la journée dans un champ de blé qui n'avait pas encore été moissonné. L'air y était chaud et bon, tout parfumé de manger. Ils en cherchèrent longtemps mais n'en trouvèrent pas. C'était enivrant, à cause de toutes les odeurs qui se faufilaient en promettant du plaisir. Ils finirent par s'endormir sur la paille, les uns contre les autres, comme des enfants.

Les blés craquaient. Tandis que le vent caressait le champ, une rumeur montait des épis. Ils chantaient. C'est toujours ce qu'ils font quand ils sont prêts pour la moisson. Maxime se disait ça, non loin de là, en écoutant leur musique. Il décortiqua un grain, puis le croqua, pour voir.

C'était tout vu. L'heure était venue.

Au même moment, les petits s'en retournaient au terrier, la tête baissée comme quand on est malheureux, lorsque, devant un roncier, ils tombèrent sur un grand renard. La colère le hérissa. Il aboya, huma l'air, aboya à nouveau puis s'approcha à pas comptés en faisant : « Hiiiehiii... »

Alors, les renardeaux s'approchèrent à leur tour. C'était le frère de leur mère. Il avait le front large, une oreille coupée et un air farceur. Il les adopta d'un seul regard puis les emmena à son garde-manger où, au pied d'une souche, il déterra deux levrauts puants.

L'odeur ne dérangea pas les renardeaux. Le bonheur avait, d'un coup, chassé le vent et la tristesse. Souvent, il suffit de pas grand-chose.

Didi posa son panier en plastique devant le caissier de la supérette qui, sans lui répondre, en sortit une grosse barquette de crème au chocolat et trois bouteilles de soda à l'orange.

Le caissier avait l'air très content de lui. Didi aussi. Ça devait être à cause de la musique que diffusaient les haut-parleurs. C'était la même qu'à la laiterie des Muche quand on trayait les vaches. Sauf qu'on n'était pas des vaches.

Je faisais la queue derrière Didi. Quand il eut réglé, nos regards se croisèrent et je lui montrai le crocodile en mousse vert pomme que j'avais à la main :

« N'oublie pas mon cadeau pour ta sœur.

— Je sais.

— Attends-moi quand tu auras payé.

— Tu me l'as déjà dit. »

Il haussa les épaules et laissa tomber :

« À force de la gâter, tu vas la pourrir.

— Elle est tellement gentille. »

J'en avais trop dit. Quand on a mon âge, on n'a pas le droit d'aimer une fille de sept ans.

Didi me jeta un sourire supérieur et prit la direction de la sortie avec un air dégagé qui n'aurait dû tromper personne. Dans le genre, il en faisait beaucoup trop. C'est une vieille règle que les commerçants ont tort de prendre à la légère :

plus le client paraît décontracté, moins il a la conscience tranquille.

Je le suivis, après avoir payé mon crocodile à la caisse.

Didi retrouva Roro qui l'attendait dehors et par terre où il lisait son journal de petites annonces. C'était sa bible. Il pouvait passer des heures dedans, à rêver de voitures, de poneys, de pavillons ou de tronçonneuses.

« T'as rien remarqué ? demanda Didi.

— Non, dit Roro.

— De toute façon, t'as pas regardé.

— Comment tu le sais ?

— Parce que tu lisais.

— Faut que je m'informe. »

Didi se pencha sur Roro assis et lui dit à l'oreille, sur un ton menaçant :

« On fera pas de casse tant que t'auras pas tout bien repéré. C'est obligatoire. Ils font toujours ça dans les films. »

Sur quoi, il tourna les talons et tomba sur moi. Je lui tendis le crocodile.

« Merci pour elle », dit-il.

Il partit et je le suivis encore, mais de loin. Arrivé hors du bourg, il s'arrêta et sortit de son blouson toutes sortes de babioles parmi lesquelles je crus voir des tubes et des flacons. Il mit le tout dans le sac des commissions du jour, puis reprit son chemin.

Quelques mètres plus loin, Didi s'arrêta à nouveau, plongea sa main dans le sac, prit un tube de lait concentré sucré et, après en avoir retiré le bouchon, commença à le téter fébrilement.

Je rêvai de retourner en enfance et ma bouche se mit aussi à téter. Sauf qu'elle n'avait rien à téter.

C'était une grenouille jaune. Elle regardait intensément le ciel. On aurait dit qu'elle pensait. Mais c'était juste du bonheur et il la transportait très haut. Le grand solitaire n'en fit qu'une bouchée et reprit sa route jusqu'à la souille où il se roula longtemps, en grognant de plaisir comme s'il faisait l'amour.

Le sanglier aimait la boue et se baignait dedans tous les soirs, à la même heure, quand le soleil s'en allait mourir sous les arbres. C'était sa souille à lui et il ne supportait pas qu'elle soit fréquentée par d'autres. Il entra donc en rage contre le blaireau qui était passé par là, laissant son odeur de graisse et d'urine.

Quand il se fut bien vautré dans sa baignoire de boue, au bord de la mare, le grand solitaire se frotta contre les arbres puis décida de partir à la chasse au blaireau. Ce n'était pas la première fois de la journée qu'il le provoquait, l'animal. Par exemple, il était venu vermiller avant lui dans la clairière de la Croix-aux-Morts. Il avait retourné la terre là où il aimait. Il lui avait volé ses larves et ses vermisseaux.

Le sanglier était bien décidé à le retrouver quand, soudain, il attrapa une odeur dans le vent. C'était une laie. Il était sûr de l'avoir connue dans une autre vie.

Il flaira ensuite une autre laie, puis une troisième et quelques marcassins. Une compagnie circulait, non loin de là. Ces femelles, c'était de la joie qui passait. Il en avait envie, de cette joie. Mais quelque chose au fond de lui disait de la laisser repartir.

Ce n'était pas la saison et il n'écoutait qu'elle. Il ne pouvait pas faire autrement. Elle parlait plus fort que le reste.

Les femelles sortirent de la tête du grand solitaire aussi vite qu'elles y étaient entrées quand il aperçut, au pied d'un talus, un chapelet de trous de mulot. On aurait dit une ville troglodyte. Son groin fouailla longtemps dedans, à la recherche des petites bêtes qu'il croquait comme des fruits.

Elles se tordaient en saignant ; jamais longtemps. Elles commençaient à peine leur agonie qu'il les avait déjà avalées.

Son groin était tout rouge maintenant.

Il ne le faisait pas exprès. C'est la vie qui veut ça : le malheur de l'un fait généralement le bonheur de l'autre.

Un léger brouillard traînait entre les arbres. Maxime le buvait, la bouche ouverte, en fauchant les chardons de Mme Avisse.

C'était un brouillard tiède qui apaisait tout ce qu'il touchait. Sauf Maxime. Il était rouge et soufflait comme un bœuf qui a trop couru.

Il est vrai qu'il était furieux. Il aurait préféré que nous nous occupions de ses chardons à lui, et non de ceux de Mme Avisse. Mais la châtelaine avait exigé que sa propriété fût nettoyée dans les quarante-huit heures. La veille au soir, elle avait téléphoné à Maxime pour lui dire :

« Je veux que vous ayez fauché mes chardons d'ici après-demain.

— Ça va mettre un temps fou.

— Il est hors de question que vous les traitiez avec vos infects produits chimiques, comme la dernière fois.

— Y a pas d'autre solution.

— Prenez votre faucheuse.

— Je ne peux pas. Y a trop d'arbres chez vous.

La faucheuse peut pas passer. Si je dois faire tout ça à la faux, je vais jamais m'en sortir.

— Et alors ? Avec tout ce que je vous paye, et le peu que vous me donnez, vous croyez pas que vous pouvez au moins faire ça, non ? »

C'est ainsi que Maxime et moi nous étions levés tôt, ce matin-là, pour couper les mauvaises herbes de la châtelaine.

Moi, ça me calmait, de faucher. La sueur m'a toujours fait du bien. Mes mauvaises pensées partaient avec. Plus je dégouttais, plus le bonheur montait en moi.

Pour Maxime, c'était le contraire. Il devenait de plus en plus méchant. Alors, il tuait et tuait autant qu'il pouvait. Les giclées de rosée qu'il recevait en pleine figure, c'était comme des jets de sang. Il aimait leur goût sur ses lèvres, qu'il léchait avec un ravissement sadique.

Je plaignais les mauvaises herbes. Elles savaient bien ce qui les attendait. À l'approche de la faux, elles gémissaient et frissonnaient avant de dégringoler sous les coups. Elles hurlaient, mais en silence. On aurait dit un champ de bataille. Les orties ou les chardons blessés se tordaient de douleur avant de se mettre à blêmir.

Sur le coup de dix heures, Mme Avisse s'amena. Elle avait son visage du matin, tout gras de crème.

Dès qu'il la vit s'approcher, Maxime s'arrêta de faucher. Il transpirait des cordes.

Après avoir fait à Maxime un petit signe de la tête, Mme Avisse dit avec un sourire :

« Ça, c'est du bon travail.

— On fait ce qu'on peut. »

Elle me regarda méchamment et je compris que je devais m'éloigner. Je ne suis qu'un garçon de ferme et il y a des choses que les garçons de ferme ne doivent pas entendre. Sauf que moi, j'entends tout.

La châtelaine se mit à tourner autour de Maxime, avec un air gêné, puis murmura :

« J'ai quelque chose d'embêtant à vous dire. Vous savez... tout l'argent que je vous ai prêté...

— Oui, répondit Maxime, la bouche sèche.

— J'en ai besoin. Très vite.

— Ça fait beaucoup.

— Il me faut mon argent. C'est mon droit. J'en ai besoin pour faire des travaux chez moi. »

Si le ciel n'avait été perdu dans le brouillard, on aurait pu dire qu'il était tombé sur la tête de Maxime. Elle rentra dans ses épaules et il perdit, dans l'opération, deux ou trois centimètres d'un coup. C'est fou ce que les mauvaises nouvelles peuvent rapetisser les gens.

Après un silence, Maxime finit par secouer la tête :

« Je ne crois pas que je pourrai vous rembourser tout de suite.

— Il le faudra, Maxime. C'est la loi. Vous devrez la respecter, comme tout le monde.

— Mais si je ne peux pas ?

— Y a toujours des solutions, dit Mme Avisse.

— Donnez-moi quelques mois.

— J'ai été trop patiente. Il faut que vous vendiez votre ferme, Maxime. Vous n'avez plus le choix. Je vous ai même trouvé un acheteur. C'est moi. »

Elle avait dit ça d'une voix très douce et très compréhensive. Mais Maxime se méfiait toujours des gens quand ils sont trop gentils : c'est qu'ils sont méchants par-dessous.

IV

L'épervier plongea, la tête la première, dans le pommier où il déclencha des cris d'épouvante avant de repartir avec un moineau dans les serres. Il lui régla son compte une centaine de mètres plus loin, dans les herbes.

Le pommier continua longtemps à protester, tous becs confondus, tandis que l'épervier, au loin, se gavait de chair fraîche. On avait de la peine pour le moineau, mais, comme d'habitude, les autres en faisaient trop. Les oiseaux ne savent pas se tenir.

Mme Avisse avait dit à Épiphanie de la rejoindre, près de la fenêtre, pour observer la scène.

« Vous savez, dit-elle, cet épervier me fait beaucoup penser à votre mari.

— Pourquoi ça ?

— À cause de vous. Le petit oiseau, c'est vous, Épiphanie.

— Comme vous y allez, madame.

— Quand il aura mangé celui-là, il en mangera

un autre. Jusqu'à ce qu'il n'en reste plus. Alors, il changera de territoire. Ce sont de drôles de bêtes, les éperviers. Comme les hommes. »

Épiphanie dodelina de la tête :

« Pas tous.

— Méfiez-vous des hommes, ma fille. Je ne m'en suis pas assez méfiée. C'est ce qui m'a perdue. »

Mme Avisse baissa le ton, comme si elle livrait un secret : « Si jamais vous en avez marre de chez vous, sachez que vous aurez toujours une chambre chez moi, ma fille. J'ai beaucoup d'affection pour vous. Et puis je n'ai pas assez de personnel pour entretenir mon château. »

Elle fronça les sourcils, et dit d'une voix sèche, subitement : « Vous pouvez continuer à travailler, vous savez. C'est pas parce qu'on cause qu'on doit se laisser aller. Mes parquets ne vont pas s'astiquer tout seuls. »

Épiphanie s'agenouilla et se remit à frotter le parquet avec son chiffon plein de cire. La châtelaine regarda longtemps son popotin.

Soudain, Épiphanie s'arrêta et dit :

« Vous ne pouvez pas arrêter de me regarder comme ça ? »

Des bûches chantaient dans la cheminée. Souvent, le soir, Maxime aimait allumer un feu pour le plaisir de le regarder danser. Le mouvement des flammes qui se jouaient des courants d'air l'emmenait dans de longues rêveries frustes. Pour rien au monde, il n'aurait interrompu le fil de l'histoire.

Mme Ducastel était déjà montée se coucher. Elle avait une angine et le nez qui coulait. Épiphanie tricotait. Tout à son feu, Maxime la guettait de temps en temps des yeux et des oreilles en finissant son vin rouge.

« Tu sais que Mme Avisse n'est pas contente après toi, finit-il par laisser tomber, d'une voix d'outre-tombe.

— Première nouvelle.

— Elle dit que t'es bonne à rien, sauf à la narguer.

— Je ne savais pas. »

Apparemment, elle s'en fichait comme d'une guigne. Il insista :

« C'est embêtant.

— Pour elle.

— Pour moi. Pour nous.

— Mais non, souffla-t-elle.

— On a besoin de son argent.

— Je trouverai du travail ailleurs.

— Non.

— Tu verras bien. »

Quelque chose le suffoqua. Il leva sa grande carcasse et s'écria sur un ton menaçant :

« Qu'est-ce que je verrai ?

— Ce sera une surprise.

— Ne fais pas la maligne avec moi. »

Les petits yeux gourds de Maxime s'étaient remplis de colère et ses mains commencèrent à trembler. Elle murmura avec un air dégagé :

« Tu devrais aller te coucher. Tu pues la vinasse. »

Alors, il lui donna une gifle ; une grosse gifle campagnarde. Tout aurait pu en rester là. Mais comme elle tenta de la lui rendre, il prit son bras qu'il tordit et elle tomba à la renverse.

« Sale bête », dit-il.

Sur quoi, il lui donna un coup de botte dans la hanche ; un petit coup, rien que pour la forme. Il s'apprêtait à retourner à son feu quand elle lui envoya, par-derrière, son pied dans le bas du tibia. C'est ça qui l'a rendu fou.

Il se retourna et se mit à la rosser. Par terre, elle grelottait, hurlait et sanglotait en se débattant. Elle implorait. Mais il n'entendait rien. Il la cognait frénétiquement, avec un petit sourire qui tordait, parfois, ses grosses lèvres. Sans doute était-il heureux de l'avoir ainsi à ses pieds, gémissante et pantelante. Elle était encore plus belle.

Soudain, une voix retentit :

« Maxime, il faut pas faire ça. »

C'était Mme Ducastel, au pied de l'escalier. La vieille femme avait l'air de dormir.

« T'as pas le droit », reprit-elle.

Elle remonta l'escalier, tandis qu'Épiphanie se relevait. Maxime l'avait bien amochée.

Des larmes de sang mouillaient les carreaux.

C'était une grande charbonnière. Elle avait un bec à décerveler les moineaux mais se contentait de casser les corselets des hannetons pour en croquer le dedans.

Les herbes grouillaient de hannetons. Il en venait de partout. La mésange ne savait plus où donner du bec. C'est parfois le grand drame de la vie. Il y a trop de choses à voir et à manger. Surtout l'été.

Sous les ronces, la chatte l'observait depuis longtemps. Elle hésitait à approcher. Un seul pas et elle risquait de troubler l'ordre du monde. Toutes les mésanges se mettraient à sonner l'alerte en même temps. Son cœur tremblait.

Elle avait si peur de se faire remarquer qu'elle se statufiait. Elle serait facilement passée pour morte. Mais sa ruse ne l'avança à rien car un cri, dans le ciel, finit par prévenir du danger la charbonnière qui s'envola comme elle était venue, laissant la pauvre chatte seule avec son chagrin.

Ce soir-là, quand elle retrouva ses petits, elle n'avait rien à leur apporter. Ni oiseau ni mulot ni rien. Juste un peu de lait dans ses tétons. Elle décida de baisser les pattes et emmena ses quatre chatons en procession jusqu'à la grande maison. Avec un mauvais pressentiment. Chaque fois qu'elle avait offert ses petits à Maxime, elle ne les avait jamais revus. C'est pourquoi elle se cachait toujours pour mettre bas, puis pour élever sa portée jusqu'à la reddition finale.

Après qu'elle eut miaulé à plusieurs reprises puis labouré avec ses griffes la porte de la cuisine, Épiphanie lui ouvrit.

« Maxime, dit-elle, devine qui vient dîner ce soir. »

Elle se pencha et tenta de prendre un chaton, mais il décampa.

« Ils sont adorables », soupira-t-elle.

Maxime arriva. Il mâchait quelque chose et tenait une canette de bière à la main.

« C'est vrai qu'ils sont mignons, dit-il en hochant la tête. Mais ils ne le resteront pas longtemps.

— Tu ne vas pas les tuer ?

— Il faut bien. C'est la vie.

— On pourrait peut-être en garder un ? »

Il haussa les épaules.

« Et puis quoi encore ? » grogna-t-il.

Il partit chercher une assiette à soupe qu'il posa

dehors sur le trottoir en brique. Il la remplit de lait et y mit quelques morceaux de pain à tremper.

Les chatons se ruèrent sur l'assiette, comme leur mère les y invitait, et Maxime en prit trois. Il disparut avec eux, après avoir donné un coup de pied à la chatte qui voulait le suivre.

Épiphanie avait cru que le quatrième chaton était pour elle mais Maxime vint le prendre, lui aussi.

« Il est beau, dit-elle.

— C'est vrai. Mais ça lui sauvera pas la vie. »

Quand tout fut terminé, Épiphanie demanda à Maxime, de la voix la plus neutre qu'elle pût trouver :

« Qu'est-ce que tu en as fait ?

— Je les ai donnés aux chiens. »

Il la regarda dans les yeux puis sourit :

« Mais rassure-toi, comme je ne suis pas un monstre, avant, je leur avais cassé la tête contre les murs de la maison. »

Son visage transpirait la haine ; une haine absurde contre la terre entière, chatons compris.

Maintenant, le pli était pris. Certains soirs, sous un prétexte ou un autre, Maxime flanquait une pile à Épiphanie. Il la frappait fort mais jamais longtemps. Il aimait la peur dans ses yeux, les spasmes qui la soulevaient et les gémissements qu'elle poussait.

« Tais-toi », répétait-il doucement en tapant.

Souvent, elle cherchait à le fuir. Il la rattrapait, la coinçait contre un mur et la rouait de coups. Il arrivait aussi qu'il la batte dans la chambre, juste avant de se coucher.

Après quoi, il la prenait. Elle respirait moins mais se donnait mieux.

Si Maxime avait su que je recevais chacun des coups qu'il portait à Épiphanie, je crois qu'il aurait eu la main moins lourde. Sans doute aurait-il même arrêté. Il avait peur de ma colère.

J'ai tout de Dieu, je le répète. Le jour de ma colère viendra aussi. « Aussi, comme dit la Bible, se lèvera le soleil de justice. »

Il avait plu trois jours d'affilée ; le soleil était mort. Même les arbres les plus forts, comme les frênes de la haie, commençaient à se courber de découragement.

Le troisième jour, la terre était comme une éponge. Elle ne supportait pas que l'on marchât dessus. Sous les pas, elle vomissait des espèces de déjections, de couleur jaune ou marron. Elle était très malade.

Le quatrième jour, Cricri attrapa un gros rhume qui se doubla d'une bronchite. Ses poumons engorgés se mirent à ronronner. On aurait dit un moteur de camion.

« Pourtant, elle ne fume pas, dit Roro.

— Ça doit être le cancer », certifia Didi.

Le cinquième jour, Cricri était si malade que ses frères décidèrent de hâter les choses et de faire le casse dès le lendemain, pour payer le docteur.

J'étais en haut de mon pigeonnier et regardais le monde vivre quand j'aperçus Épiphanie ouvrir la fenêtre de sa chambre et jeter un papier dans le vent. Au lieu de descendre tout de suite pour le chercher, j'attendis de savoir où il atterrirait. Ce fut dans la haie qui longeait la propriété de Mme Avisse. J'y courus.

Il me fallut bien dix minutes avant de pouvoir mettre la main sur le papier. Il était tombé dans les ronces.

Le papier était plié en quatre. Quand je l'ouvris, mon cœur tremblait. Peut-être à cause de ce que je craignais de découvrir, mais aussi à cause de la honte que m'inspirait ma déplorable manie de fourrer mon nez partout. Je lus :

Mon Dieu,

Maxime n'arrête pas de me faire mal. En plus, il me fait peur. Parfois, quand il me parle, je me dis qu'il va pleurer et puis il se met à éclater de rire, d'un rire diabolique plein de dents. Je comprends qu'il soit malheureux et je fais ce que je peux pour l'aider. Seulement, je ne suis pas à la hauteur. La situation est bien trop grave. Nous n'avons pas d'argent et, en plus, il faudrait en donner encore à Mme Avisse. On ne pourra jamais. Je ne sais comment tout ça va finir. Je voudrais simplement que vous me donniez du courage. Je ne vous demande jamais rien. Je sais que vous êtes très occupé là-haut, surtout en ce moment, avec tout ce qui se passe dans le monde, et je m'excuse de vous déranger. Mais si vous trouvez un petit moment, au milieu de ce que vous avez à faire, envoyez-moi un peu de votre force. J'en ai tellement besoin, et Maxime aussi.

Je me prosterne à vos pieds, mon Dieu, et les embrasse très respectueusement.

ÉPIPHANIE.

Sous un bébé frêne, pas loin du grand chêne pleureur de la forêt de Brotonne, il y avait un brin d'herbe qui avait beaucoup souffert. La terre était bonne, dessous. Mais, au-dessus, le soleil ne venait jamais.

C'est pour ça qu'il végétait, le brin d'herbe. Un jour, une patte de garenne lui était passée dessus et l'avait cassé en deux. Il était reparti, depuis, à la recherche du soleil qui perçait, certains jours, quelques centimètres plus haut. Mais, comme il arrive souvent, c'est quand il croyait l'avoir trouvé qu'il le perdait de vue.

Il ne se décourageait pas. Il ne s'était pas donné d'autre but dans la vie que de monter au ciel. Il fallait bien que ce jour arrive. C'était le jour mais il n'arriva pas comme il l'avait voulu.

Quelque chose s'abattit sur le brin d'herbe et l'arracha pour l'emmener loin, très loin, vers la lumière et le soleil. C'était la main de M. Chevillard. Ses ongles le coupèrent à la racine et le coincèrent dans sa bouche, entre ses dents.

Soudain, M. Chevillard retint son souffle. Tout près de là, dans l'ombre, il apercevait le derrière boueux du grand solitaire avec sa vrille qui, comme un plumeau, caressait sensuellement ses grosses suites, tandis qu'il mulotait au pied d'un arbre.

On ne s'en méfie jamais assez, mais le vent parle. Il parle même trop. Il dit quelque chose au sanglier qui, tout d'un coup, releva la tête, regarda dans la direction de M. Chevillard, puis s'enfuit.

M. Chevillard fit quelques pas avant de sourire

de toutes ses lèvres. Il venait de découvrir la souille avec les traces, encore fraîches, du grand solitaire. Il connaissait ses habitudes, maintenant. Une bête dont on connaît les habitudes est une bête morte.

Un soir qu'Épiphanie et Maxime étaient partis à une réunion du syndicat, sans doute en vue de rencontrer le gogo qui leur aurait consenti un prêt, quelqu'un frappa à ma porte. C'était Mme Ducastel. Elle avait sa tête des mauvais jours et une bouteille de calvados à la main.

« Tiens, dit-elle. C'est pour toi. »

Comme elle me reprochait toujours d'être trop porté sur la boisson, je trouvai son cadeau étrange. Je le lui dis.

« Tu sais bien, répondit-elle, que je te passe tout, à toi. »

Quand je lui proposai de partager un verre de son calvados avec moi, elle accepta sans hésiter. Ce n'était pas son genre, de boire avec les garçons de ferme. Surtout de l'eau-de-vie. J'en conclus qu'elle avait quelque chose à me demander. Ça n'a pas manqué.

Elle n'avait bu qu'un petit quart de son premier verre et j'en étais déjà à mon troisième, quand elle laissa tomber :

« J'aimerais que tu me rendes un grand service, Jésus.

— Tout ce que vous voudrez, madame. »

Elle se racla la gorge, prit un air concentré et dit :

« Voilà. Je voudrais que tu jettes un sort sur la châtelaine.

— Ça, je ne peux pas.

— Tu es notre dernier espoir, Jésus. Il n'y a que toi qui peux nous sortir de là.

— Désolé, madame, mais...

— Elle doit mourir, Jésus. Sinon, c'est nous qui allons mourir.

— Mais je ne suis pas un sorcier. Je ne peux pas jeter des sorts.

— Tu as tous les dons. Essaie.

— Mais j'ai déjà essayé. Contre elle, justement. »

Elle écarquilla les yeux.

« Contre elle ? demanda-t-elle.

— Pendant des années, j'ai prié pour qu'elle meure. Je voulais venger ma mère, vous comprenez.

— Ta pauvre mère, soupira Mme Ducastel.

— Si Mme Avisse ne l'avait pas virée, ma mère n'aurait jamais attrapé son cancer. C'est le malheur qui la donne, cette maladie. Tout le monde sait ça. »

Mme Ducastel me regarda avec un accès de tendresse qui n'inspirait pas confiance, puis murmura :

« Tu devrais encore tenter ta chance. Peut-être que ça marchera, cette fois.

— Je sais bien que non.

— Pourquoi ça ?

— Parce que, depuis, j'ai compris que Dieu n'entend rien. Il voit tout mais il est sourd. Sinon, il ne pourrait pas supporter les plaintes qui montent jusqu'à lui. »

Je ne sais si c'est à cause de ce jugement sur Dieu ou de mon aveu d'impuissance, mais Mme Ducastel se mit à pleurer de petites larmes sèches, comme les larmes des vieilles personnes quand elles n'ont plus rien, même pas de cœur.

Un jour, quand je serai vieux, je trouverai le bonheur. Ce jour-là, je deviendrai moi-même, c'est-à-dire Épiphanie. Ce sera pour l'éternité et même encore après.

En attendant, je ne fais que passer en elle. Je resterais tout le temps en son dedans, à m'aimer moi-même, s'il ne fallait pas faire l'amour avec Maxime. Je supporte encore sa bêtise, ses raclées, mais pas ses bras ni son haleine. Il est trop dégoûtant. Parfois, dans la buanderie, j'ai envie de vomir quand le lit se met à remuer au-dessus de moi, la nuit.

Depuis plusieurs heures, Cricri en nage sur son lit déraillait complètement. Elle avait des visions.

« Empêchez-les de rentrer, dit-elle à ses deux frères. Ils font les gentils comme ça mais vous ne comprenez pas qu'ils vont nous étrangler !

— C'est une agonie, murmura Roro, sûr de son diagnostic. J'ai vu des gens faire ça à la télévision. Ils crevaient toujours après.

— Non, c'est la fièvre.

— Une grosse fièvre, alors.

— Sûrement. Mais ça se soigne, la fièvre. Il suffit qu'on s'en occupe.

— Après le casse, j'appellerai le docteur.

— Et si on foire le casse ? Tu y as pensé ?

— On dira aux flics qu'on a fait ça pour notre petite sœur qui était très malade. C'est d'ailleurs la vérité.

— Non. C'est la cousine de la vérité. »

Cricri ouvrait et fermait la bouche comme un poisson quand il n'est plus dans l'eau.

C'était un paon du jour. À sa posture, on voyait tout de suite qu'il s'aimait bien. Il était sûr d'être le plus beau papillon du monde. Ses deux paires d'ailes rouges dressées à la verticale, il prenait le soleil. Sauf qu'il n'y avait pas de soleil.

Il faisait un temps pour les canards. Encore que la pluie ne tombait pas. C'eût été trop simple. Elle était partout, la pluie, jusque dans l'air qui était mouillé. C'était une de ces journées où on respirait un mélange d'air et d'eau. Ça minait le paon du jour, même s'il tentait de sauver les apparences.

Un petit vent se leva. Il était comme une promesse. Le paon du jour crut que la vie était revenue et décida d'y retourner. Il s'envola, tout en joie, du roseau où il était perché, au-dessus de la mare.

Il n'aurait jamais fallu. Les ailes étaient trop lourdes. Elles ne pouvaient plus rien porter. Après avoir flotté un moment au-dessus de la mare, le papillon tomba tout à coup dedans, la tête la première.

Des remous engloutirent aussitôt le papillon.

« Dis-moi, t'as plein de poissons là-dedans, dit M. Chevillard.

— Ça se pourrait, répondit Maxime. J'ai plein de poissons et j'ai aussi plein de dettes. Tu vois, je manque de rien.

— Je peux rien faire pour toi, mon garçon. Je t'assure que je peux rien faire.

— T'étais mon dernier espoir.

— J'aurais bien aimé t'aider, je te jure. Mais c'est pas possible. J'ai plus les moyens de rien. »

Maxime le regarda droit dans les yeux et dit d'une voix gémissante :

« Je ne vais jamais m'en sortir.

— On s'en sort toujours dans la vie, dit M. Chevillard. Tu apprendras ça.

— Je vais être obligé de tout vendre.

— Tu verras que ça s'arrangera. Fais-toi pas du mouron.

— C'est facile à dire.

— À l'ouverture de la chasse, je te propose qu'on aille se farcir ensemble le grand solitaire. J'ai repéré sa souille, à ce con. »

Une aile de papillon remonta à la surface de la mare. Mais ni Maxime ni M. Chevillard ne la remarquèrent. Il y a des moments où on voit tout et il y a des moments où on ne voit rien. Ça dépend des choses qu'on a dans la tête.

Quand on en a trop, ça bouche la vue.

Mon visage était de plus en plus creusé par la fatigue et l'amertume. Ce n'était pas étonnant. Certains soirs, j'en avais assez de me retrouver en Épiphanie à qui Maxime infligeait tant de misères. Sans dire qu'il me peinait de partager l'angoisse de toutes ces bêtes qui, du soir au matin, sursautent aux frémissements des feuilles ou aux tressaillements de l'air. Leur vie était trop triste ; la mienne aussi.

Le malheur du monde m'écrasait. Les jours de déprime, je me sentais faible et abandonné, comme l'ouvrier agricole que je n'avais jamais cessé d'être. C'est pourquoi je voulus devenir le grand solitaire. On commençait à parler de plus en plus de lui, dans le canton. Il était apparu à la Rue du Bois, au Bourdonne, aux Janviers, à la Mare Patin, au Froc-Pinel et même du côté de Bourneville. On l'appelait Baptiste. C'était une catapulte que rien n'arrêtait. On disait que, sur son passage, les broussailles s'écartaient, les barbelés s'ouvraient et les chiens crevaient.

C'était le maître du monde. J'étais le valet de ferme. Nous étions faits pour nous entendre.

Le confessionnal de l'église de Routot ne sert plus beaucoup. Mais c'est normal. Les gens n'ont plus le temps de rien, à notre époque. Quand ils font le mal, ils ne s'en aperçoivent même plus. Il y a trop de choses à faire. La mauvaise conscience est un poids qui empêche d'avancer. Elle nous retarde.

Voilà pourquoi la bonne conscience règne aujourd'hui sur le monde. Elle vide les églises mais elle donne des ailes à l'homme. Il n'a même plus peur de l'Enfer. C'est ainsi qu'il est grand. Un jour, il ne se sentira plus.

M. l'abbé d'Hauteville ne supportait pas cette nouvelle morale. Tous les vendredis après-midi, il se tenait, dans son confessionnal, à la disposition de ses paroissiens. Mais il n'en venait jamais. Sauf deux ou trois vieilles et, de temps en temps, Épiphanie. Elle s'en voulait toujours pour tout, celle-là. Vivre était, déjà, pour elle, un péché.

Ce jour-là, Épiphanie était très tendue quand elle approcha son visage de la petite cloison de bois derrière laquelle il n'y avait que du noir et un souffle, celui de l'abbé qui priait.

« Monsieur l'Abbé ? demanda-t-elle.

— Je suis là. »

Le visage de l'abbé se profila dans l'ombre.

« C'est affreux, ce qui m'arrive, murmura-t-elle. Je n'arrête pas de commettre le même péché. Je me dis tout le temps dans ma tête qu'il faut que Mme Avisse meure.

— Ce n'est pas bien.

— C'est une obsession.

— Il faut essayer de penser à autre chose.

— Je n'y arrive pas. Elle est en train de rendre fou Maxime.

— Vous avez envie de la tuer vous-même ? »

Épiphanie réfléchit, puis :

« Non. Je veux qu'elle meure, c'est tout. Je me dis que tout ira mieux et que Maxime redeviendra comme avant.

— Si ce n'est que ça, ce n'est pas trop grave.

— Mais c'est un péché.

— C'est une mauvaise pensée. Tout le monde en a. »

Elle aimait le souffle de l'abbé sur elle. Il sentait l'amour.

« Moi aussi, reprit-il, ça m'arrive souvent de tuer des gens par la pensée. Mais tant qu'ils ne meurent pas, on ne peut rien dire, ce n'est pas vraiment un péché. »

Il approcha ses deux yeux de la cloison. Ils étaient comme des lampes.

« Il n'y a rien d'autre ? » demanda-t-il.

Elle se mangea les lèvres et murmura :

« Mon mari me fait peur et il me dégoûte.

— Vous n'êtes pas la première à qui ça arrive. Il suffit d'en prendre son parti.

— C'est ce que je fais. Mais il y a une chose que je ne peux pas supporter. »

Après un petit silence, l'abbé demanda d'une voix blanche, comme s'il était déjà affolé par ce qu'il allait entendre :

« De quoi s'agit-il ?

— Il m'oblige à faire de la viande au déjeuner et au dîner.

— C'est beaucoup.

— En plus, il veut que je la mange avec lui.

— Vous pouvez refuser.

— Non. Sinon, il se met en colère.

— De toute façon, ce n'est pas un péché, de manger de la viande.

— Mais c'est de la souffrance qu'on mange.

— Tout est souffrance, ma fille.

— Je vous assure que, souvent, je l'entends crier dans mon assiette, cette souffrance.

— Ce sont des hallucinations.

— Ce sont des cris horribles, monsieur l'Abbé.

— Pensez au cri de la carotte que vous arrachez de la terre où elle était si heureuse.

— Vous n'avez pas le droit de vous moquer de moi. Vous savez bien que j'ai raison. »

L'abbé poussa un soupir et dit :

« Il faut accepter la volonté de Dieu. C'est quand on la refuse qu'on devient malheureux.

— Mon problème, c'est que j'ai tout le temps le sentiment de faire le mal en dérangeant l'ordre de Dieu. Même quand je marche par terre.

— Il faut faire attention, ma fille. Sinon, un jour, c'est la terre qui finira par vous marcher dessus. »

Il avait dit ça sur un ton de menace qui l'aurait

glacée d'effroi s'il ne l'avait tout de suite corrigé par un grand sourire paternel.

C'était une odeur enivrante et douce. Le grand solitaire en avait respiré les effluves de sucre mouillé. Ils l'avaient transporté très haut dans le ciel et le bonheur. Il avait souvent repéré, dans le passé, la puanteur de l'homme alentour. Elle sentait mauvais le danger. Il savait donc qu'il ne devait pas s'aventurer, de jour, hors de la forêt.

Mais la chose était si près. Elle était trop tentante.

Le grand solitaire ne résista guère plus de cinq minutes à la tentation. Il se rua sur l'objet de son désir qui reposait dans le pré, au pied de la haie. C'était un cadavre de vache. Sa mort n'était sans doute pas récente : quand le sanglier enfonça son groin dans le ventre de la bête, gonflé de gaz, on entendit comme un chuintement de ballon crevé.

Le sanglier resta longtemps dans les entrailles de la vache. Il ne sortait son boutoir que pour prendre un peu d'air. Il communiait avec la pourriture. Il se confondait avec. Et ça le mettait en joie. C'est du moins ce que disait sa vrille en mouvement.

Un moment plus tard, alors que le sanglier était encore à se gaver de charogne, M. Muche, qui allait se mettre à table, l'aperçut par la fenêtre de sa salle à manger. Il alla chercher ses jumelles et, après y avoir porté les yeux, s'exclama :

« C'est lui, le gros noir dont tout le monde parle. Faut prévenir Chevillard. »

M. Muche se rua sur le téléphone, les mains tremblantes d'excitation, et composa le numéro de M. Chevillard :

« Allô, Marcel... Il est chez moi, celui que tu cherches. »

Il emporta le téléphone pour regarder par la fenêtre. Mais le grand solitaire, ivre de sang pourri, était déjà reparti le cuver dans la forêt.

En sortant de l'église, Épiphanie prit la grande rue en direction de la place du marché. Elle avait quelques courses à faire. Il fallait acheter du pain, du détergent, des petits pois en boîte et aussi autre chose, mais elle ne savait plus quoi. Elle était tête de linotte, comme disait Mme Ducastel.

Elle pressa le pas, car il était tard et elle avait peur que les magasins ne soient fermés. Quand Routot déjeune, c'est un bourg mort.

À la hauteur de la supérette, Épiphanie tomba sur un car et une voiture de police avec un attroupement autour.

« C'était des nains, dit une vieille dame avec une perruque blanche.

— Des nains ? protesta une jeune femme. Vous n'y êtes pas. C'était des enfants.

— Comment vous le savez ?

— J'ai entendu leurs voix.

— Moi, je dirais que c'était des adolescents, observa un gros chauve.

— Ce qui est sûr, c'est que c'était des sales gosses, trancha la jeune femme, histoire de mettre tout le monde d'accord.

— Ils avaient des cagoules, comme dans les films.

— C'est pour ça qu'ils faisaient peur. On aurait vu leur tête, peut-être qu'on leur aurait donné le bon Dieu sans confession.

— Je crois pas. Le caissier leur aurait pas donné l'argent, ils lui auraient tiré dessus. Pour être capable de ça, il faut avoir une sale gueule, forcément.

— Voilà les jeunes d'aujourd'hui, gémit une demoiselle à tête de vieille. Y a plus de principes. Y a plus de scrupules. Y a plus que des besoins. Tout le monde en fait plus qu'à sa tête.

— C'est plus des jeunes qu'on a aujourd'hui. C'est des tueurs.

— Parlez pas comme ça, soupira le gros chauve. Ça me rend triste. »

Épiphanie passa son chemin et prit la direction de la boulangerie avec, aux lèvres, le sourire que lui avait donné M. l'abbé d'Hauteville. C'était le plus beau cadeau qu'on lui avait fait depuis longtemps. Elle se disait qu'elle le garderait toujours. Même quand elle ne sourirait plus.

Quand Didi et Roro sortirent du bourg, leurs vélomoteurs roulaient à fond la caisse, dans un bruit de casseroles. Ils prirent un chemin entre des peupliers, qui menait à la forêt où ils disparurent.

Tout le monde y disparaît. Quand on est dans la forêt de Brotonne, on n'y échappe pas, même quand on en sort. Depuis des siècles, elle engloutit les gens, les nuages, les bêtes, la vie.

Pourriture, tout, ici, redevient pourriture.

Après avoir enterré leurs cagoules et leurs pistolets en plastique, les deux garçons s'engagèrent, à travers les arbres, en direction de la caravane où les attendait Cricri.

En descendant de leurs vélomoteurs, ils échangèrent le sourire des professionnels. Roro leva le pouce et dit :

« C'était drôlement bien organisé, comme casse.

— Merci.

— J'espère simplement qu'on en aura pour notre argent.

— On va compter les billets. »

Roro se fit la tête de quelqu'un qui réfléchit, puis :

« Je pense à un truc. Pourquoi on a pas fait le coup plus tard dans la journée ? La recette aurait été plus grosse. »

Didi laissa passer quelques secondes, pour ménager son effet, puis :

« On était peinards, à l'heure du déjeuner. Quand les gens bouffent, ils pensent plus qu'à ça. On peut faire ce qu'on veut. »

Ils allèrent tout de suite au fond de la caravane pour voir où en était Cricri. Elle dormait profondément, dans un état proche de l'extase. C'est pourquoi elle avait ce regard d'ange, un drôle d'ange, qui aurait bien mangé et bien bu.

Les anges sont des enfants qui n'ont pas grandi. Sinon, ils n'auraient pas ces regards innocents, qui finissent toujours par dégoûter le Diable. Il y a des gens avec lesquels il ne peut rien faire. Cricri, sur son lit, avait une tête à se faire refuser l'entrée de l'Enfer. Elle était condamnée au Paradis, c'était écrit sur son front.

Didi et Roro comptèrent les billets en silence, pour ne pas réveiller Cricri. Ils s'y prirent à deux fois sans arriver au même chiffre, avant de se demander ce qu'ils allaient faire de leur magot.

« Il faudra acheter une nouvelle télé, dit Roro.

— Depuis qu'elle est en panne, on s'en passe très bien.

— Tu verras, l'hiver sans télé...

— On a le temps de voir. Moi, je voudrais qu'on se garde des économies. »

Didi s'assit sur le rebord du lit puis soupira en montrant Cricri endormie :

« Maintenant, il faut s'occuper d'elle.

— Je vais appeler le docteur.

— Va à Routot à pied. On se sert plus des vélomoteurs jusqu'à nouvel ordre. »

Roro hocha la tête :

« On pourrait se faire repérer. »

Didi se pencha sur le visage de Cricri :

« On va te soigner », dit-il.

Il remarqua qu'elle ne grelottait plus. Ses traits étaient détendus, comme si la douleur l'avait abandonnée.

Il lui prit la main et poussa un cri à fendre le bois.

La main était froide et Cricri était morte.

V

La chatte ne pensait plus à ses petits disparus. Elle ronronnait de bonheur en se frottant contre les jambes de Maxime, qui lui jetait de temps en temps, comme une aumône, une petite caresse.

Maxime était assis à la table de la cuisine. L'air royal et satisfait, il lisait le journal tandis qu'Épiphanie, en blouse, épluchait des pommes de terre pour le repas de midi.

« Je ne crois pas que Dieu ait créé la Terre pour l'homme, dit-elle. Je pense qu'il a créé l'homme pour lui. »

Il leva un œil vague et demanda d'une voix qui se voulait lasse :

« Pourquoi ?

— Pour qu'on le célèbre. Dieu est comme tout le monde. Il a besoin de reconnaissance.

— C'est possible.

— Plus j'y réfléchis, plus je crois qu'on a tort de tout faire tourner autour de nous. Dieu a fait la nature pour lui, il ne l'a pas faite pour nous, les humains. Il faut qu'on retourne à notre place, au milieu des autres choses. Tu comprends ? »

Maxime ne répondit pas. Il ouvrit la radio. C'était une chanson américaine qui parlait sans doute du bonheur à deux car la musique était très douce, comme dans les films où les amoureux s'embrassent tout le temps. En plus, l'interprète avait l'air content de lui, de sa voix, de son pays et du temps.

« La nature est un tout », reprit Épiphanie épluchant.

Il mit la radio plus fort.

« Ça ne t'intéresse pas, ce que je dis ?

— Pas vraiment, répondit-il distraitement.

— Je suis désolée de t'embêter avec mes histoires. »

Il leva ses yeux vers elle et dit, en articulant bien chaque mot, pour signifier son exaspération :

« C'est vrai que tu m'embêtes. On a pas un rond pour bouffer. Depuis que Mme Avisse nous a prêté de l'argent pour qu'on paie nos dettes à la banque, on est pris à la gorge. Et toi, tout ce que tu sais faire, c'est de me parler de ton bon Dieu. »

Sa colère et sa voix montèrent encore :

« Jamais je ne vendrai la ferme. Jamais. »

Épiphanie poussa un petit cri. Elle s'était coupé

l'index avec son couteau. Maxime aima ce sang qui coulait. Il éprouva soudain l'envie de se lever pour l'embrasser. Mais ça lui passa aussi vite que c'était venu et il retourna à son journal.

Les arbres murmuraient des histoires. C'était une des journées où ils sont très bavards. Le renard les écoutait, couché dans l'herbe, les yeux mi-clos.

Le vent se leva. Le renard aussi. Il partit en direction de la forêt. Il avait un petit creux à l'estomac. Quelques prunes lui auraient suffi. Encore qu'il en avait trop mangé, ces derniers jours.

En chemin, le renard s'arrêta chez les Papavoine où une petite fille lui laissait souvent des restes : des croûtes de fromage, du pain trempé ou, c'était même arrivé, des rondelles de saucisson. À l'endroit habituel, il n'y avait rien.

Il n'y aurait plus jamais rien. En contrebas, près de la mare, Didi et Roro étaient en train de creuser un trou pour Cricri. C'est là qu'elle allait reposer, à côté de son papa.

« Y a une chose de sûre, dit Roro. À eux deux, ils vont pas s'ennuyer.

— On peut compter sur eux pour rigoler. »

Ils avaient raison. Le temps étant long après la vie, il vaut toujours mieux passer sa mort à rire.

Surtout qu'une fois qu'on a quitté ce monde, il n'y a plus aucune raison de pleurer.

Ce matin-là, Maxime était sorti de chez lui, l'air décidé, comme chaque fois qu'il partait tuer une bête. Il avait chaussé ses bottes et, malgré le ciel bleu, enfilé son ciré. Après quoi, il était passé à la buanderie où il avait pris la hache qui pendait à un clou. Comme elle ne tenait pas dans sa poche, il avait enfoncé le manche dans son pantalon. Il aimait sentir le froid de la lame contre son ventre. C'était le froid de la mort.

Il n'allait pas bien, Maxime. Tout son visage le disait. Il avait du mauve aux yeux, à cause des cernes qui se creusaient dessous. Il avait aussi sur les lèvres l'expression triste des gens qui ne peuvent plus sourire, même quand ils sont gais. Et le hâle qui lui restait des moissons ne pouvait plus faire illusion. On voyait tout de suite qu'il était blême comme la mort, au-dedans de lui.

Il marcha longtemps dans le clos, tel un somnambule, avant de s'arrêter soudain. C'était à cause du cœur. Il cognait dans sa poitrine à grands coups, des coups de maillet. Maxime se vengea sur une limace qui glissait dans l'herbe, juste au-dessous. Sa botte tomba sur elle et tourna pour la broyer jusqu'à en faire un jus marron qui tremblait dans la boue.

Après quoi, il jeta un regard en biais sur le château de Mme Avisse et rentra à la grande maison.

La nuit, j'emmenais souvent Épiphanie se promener avec moi dans la forêt ou à travers les champs. Sans quitter, bien sûr, le fauteuil de la buanderie où, sitôt affalé, je commençais à somnoler.

J'en voulais toujours à Épiphanie de supporter Maxime. Mais le lit grinçait moins souvent, au-dessus du plafond, alors que le rythme des raclées avait tendance à s'accélérer. Quand il la battait, elle ne pleurait presque plus. Elle s'habituait.

J'aimais cette soumission. Maintenant que le grand solitaire m'avait donné sa force, j'avais envie de monter dans la chambre, de l'arracher à Maxime et de la prendre, comme un cochon. Je suis sûre qu'elle n'attendait que ça.

C'était la première fois que je voulais prendre une femme. Jusqu'à présent, je me contentais de les aimer.

Une nuit, Mme Ducastel me surprit sur mon fauteuil alors que je somnolais :

« Mais qu'est-ce que tu fais là ? »

Je repris mes esprits et répondis :

« Je me promène.

— Ce n'est pas un endroit pour se promener.

— Désolé, dis-je. Moi, je me promène partout et tout le temps. »

Je ne mentais même pas. Sinon, je ne serais pas ouvrier agricole.

L'automne avait déboulé, soudain. Il avait été annoncé par un mauvais vent qui avait beuglé, plusieurs jours, entre les arbres. Après ça, l'eau était arrivée. Il en tomba tant, en quelques heures, qu'elle finit par entrer partout, jusqu'au-dedans des gens.

Il fallait s'habituer, désormais. Il se mit à pleuvoir de plus en plus souvent. C'était infernal. Même quand la terre demandait grâce, les nuages remettaient ça.

La saison était aux catastrophes. Les fourmilières étaient inondées. Les terriers devenaient des pétaudières. Les derniers papillons étaient fauchés par les gouttes, tranchantes comme des couteaux. Toute la nature se coagulait en un mélange de vie, de boue et de mort.

Il ne restait plus rien ici-bas. Ni herbe, ni vache,

ni ortie, ni mare, ni clôture. Il ne restait plus rien qu'un magma dégoûtant où se confondaient le ciel et la terre.

Il rotait, bavait et pissait en poussant un cri qui ne voulait rien dire, un cri de mort et d'amour.

Il faisait peur à la forêt, ce cri. Les arbres tremblaient, les feuilles tombaient et les fougères frissonnaient.

C'était le grand cerf qui bramait.

Le vacarme énervait le sanglier. Il n'arrivait pas à dormir dans sa bauge de feuilles et d'herbes. Il avait des démangeaisons partout et n'arrêtait pas d'éternuer. C'était une allergie. Toute la forêt sentait le cerf et le stupre. Rien que de respirer, on avait un malaise.

Alors, au petit matin, le grand solitaire se leva, s'ébroua, urina, déféqua et partit loin, très loin, sous d'autres arbres, vers une nouvelle bauge.

Un ver en avait eu assez, de la terre gonflée d'eau, où il macérait. Il était allé prendre l'air, dans l'herbe. Tandis que le monde entier complotait autour de lui, avec des griffes, des langues, des becs ou des dents, il s'abandonnait à lui-même, au silence et à la volupté.

Il était satisfait, le ver. Il aurait pu rester comme ça, tout nu sous le soleil, pendant des milliards d'années. C'était un cosmos à lui tout seul.

Mais les cosmos sont comme tout le monde. Ils meurent aussi.

Une patte se posa sur le ver. Il se crispa et commença à se tortiller.

Alors, la patte se mit à masser le ver, qui se calma. Quand il fut tout à fait détendu, le renard se baissa et l'avala d'un seul coup.

Il s'enfuit, soudain, après avoir entendu un bruit qui provenait, par la porte ouverte, du salon de Mme Avisse. C'était à la fois un coup, un cri et une chute.

Dans ces cas-là, renard ou pas, il vaut toujours mieux partir.

Tous les dimanches matin, les Papavoine se rendaient au château pour vendre à Mme Avisse, tantôt un lapin, tantôt un poulet. Ils y allaient tous les trois en s'habillant le plus pauvrement possible, avec des airs de chien battu.

Tout le monde a un cœur. Mais il arrive qu'on l'oublie parce qu'on a trop à faire. Alors, il dépérit. Les choses s'usent surtout quand on ne s'en sert pas.

À force de le dédaigner, Mme Avisse n'avait plus de cœur ou presque. Sauf le dimanche pour les Papavoine. Ils revenaient toujours du château avec quelque chose, des bonbons mais aussi une ceinture, une cassette ou un transitor. C'était à cause de Cricri. Elle faisait craquer la châtelaine.

Sans Cricri, ça ne serait plus jamais pareil. C'est pourquoi les deux frères étaient si mal à l'aise, ce dimanche-là, en arrivant au château.

La porte était ouverte. Didi frappa plusieurs fois. Pas de réponse.

« Peut-être qu'elle est déjà partie à la messe, dit-il.

— Mais pourquoi sa voiture est là, alors ? »

Didi tourna la tête, pour vérifier.

« T'as raison, dit-il, elle doit pas être partie bien loin. »

Il frappa à nouveau, puis tambourina en criant :

« Y a quelqu'un ? »

Il n'y avait que le chien qui répondait, dans son chenil.

« On va pas rester plantés là tout notre dimanche », finit-il par dire.

Il entra, suivi de Roro, et déposa le lapin écorché sous son plastique dans le réfrigérateur de la cuisine. Il serait ainsi à l'abri des chats.

Alors qu'ils ressortaient, Didi et Roro aperçurent

dans le salon quelque chose qui leur fit si peur qu'ils repartirent en courant et en grelottant de partout.

Quand je reviens de la chasse, je suis souvent couvert de sang des pieds à la tête. Je ne tue pas, car je ne suis qu'un garçon de ferme, mais c'est moi qui rapporte le gibier mort. Quand il s'agit d'un sanglier, je coupe ses suites, pour qu'elles ne donnent pas leur odeur à la viande, et vide ensuite ses boyaux avant de le porter sur mes épaules, comme la croix du Christ, jusqu'à la camionnette de M. Chevillard.

J'aime éventrer les bêtes puis palper leurs intestins vivants et chauds. Chaque fois, ça me remplit du même vertige. J'ai de la peine devant cette chair morte et en même temps un plaisir affreux monte en moi. Il me fait honte.

Ce que je préfère à la chasse : ce sang sur mes mains. Cette vie qui s'en va, j'ai toujours la sensation d'en recueillir un peu au passage.

Ce que je déteste : ces affûts qui n'en finissent pas. Je n'aime pas attendre, surtout pas un crime, et c'est toujours un crime de tuer. Ce jour-là, par exemple, nous étions bien restés trois ou quatre heures devant la souille, jusqu'à ce qu'enfin, M. Chevillard dise à voix basse :

« Je ne crois pas qu'il viendra aujourd'hui.

— Une bête comme ça, murmura M. Muche, c'est tous les jours qu'elle va à la souille.

— On reviendra une autre fois. C'est pas le jour. »

Je hasardai :

« Il a peut-être changé de souille, Baptiste. »

Maxime me fusilla du regard :

« Qu'est-ce que t'en sais ?

— C'était juste une supposition.

— Tu ferais mieux de te taire. »

Je haussai les épaules, ce qu'il interpréta, à juste titre, comme une impertinence. Il me fixa et dit :

« T'es bon à rien, Jésus. Même pas à parler. »

Pour détendre l'atmosphère, M. Chevillard prit Maxime par le bras et lui souffla à l'oreille :

« Ce sanglier, je le connais mieux que tout le monde. Il y a des mois que je le piste, Baptiste. S'il est pas là maintenant, il viendra plus. Il faudra attendre la nuit. Mais la nuit, qu'est-ce qu'on voit ? Rien. »

Eux, peut-être qu'ils ne voient rien. Mais moi, je vois tout. Même dans les têtes et même la nuit. C'est sûrement pour ça que je n'arrête pas de me fuir moi-même.

Trois fourmis s'étaient laissé prendre dans le sang qui macérait sur le parquet du salon, près de la porte vitrée, dans le château de Mme Avisse. Elles avaient fini par s'y mélanger.

Une des fourmis était déjà morte. Les deux autres se débattaient encore un peu en agitant leurs mandibules engluées. Elles étaient pathétiques.

Mme Avisse aussi était pathétique. Étendue de tout son long sur le parquet, les bras en croix et les jambes écartées, elle avait la jupe relevée et les yeux exorbités, comme ces morts qui ont tant souffert qu'on les dirait revenus de l'Enfer.

Son crâne avait été fracassé et son corps était couvert, surtout vers le haut, de grosses plaies rouges. Ce qui restait de son visage exprimait la stupéfaction ; une stupéfaction pétrifiée. Mais ce n'était pas étonnant. La mort est comme l'amour. Même quand on s'y attend, elle vous prend au dépourvu.

Quand Épiphanie découvrit Mme Avisse au milieu de tout son sang, elle poussa un grand cri et partit en sanglots avant d'aller vomir dans les toilettes.

C'était son jour. Mme Ducastel avait de la gravité dans le visage, mais de la joie dans les yeux.

Elle regardait fixement la barrière, au bout du chemin, et répétait tout le temps :

« Moi, ça ne m'étonne pas. »

C'est tout ce qu'elle savait dire. Je m'approchai d'elle et lui dis :

« Je ne comprends pas pourquoi on s'est acharné sur Mme Avisse. C'est affreux.

— Moi, ça ne m'étonne pas. »

Elle dodelina de la tête et reprit en mettant son index devant la bouche, pour me signifier qu'elle allait me faire une confidence :

« Moi, ça ne m'étonne pas. »

Quand Épiphanie est partie, entre deux policiers, je me suis mis à pleurer des trombes. À la fin, j'étais comme ces ruisseaux sans vie qui se fondent dans la terre. Je n'étais plus rien ni moi-même.

Il vaut toujours mieux garder ses larmes à l'intérieur. Sinon, c'est toujours un peu de soi qui s'en va. C'est pourquoi les gens de caractère ne pleurent jamais, même quand ils sont malheureux. Ils préfèrent serrer les dents.

Moi, je ne peux pas. Il faut toujours que je me vide de moi-même et c'est quand je me suis quitté que je me retrouve le mieux.

Une chose que j'ai apprise depuis longtemps : le

bonheur arrive toujours quand on n'est plus là. Sauf que, cette fois, j'étais parti et il ne venait pas.

Il plut encore. La terre n'en pouvait plus. Elle appelait à l'aide et s'accrochait à vous, comme les noyés. On n'arrivait pas à s'en débarrasser. Elle sanglotait sous les portes, par les fenêtres, dans les chaussures.

Les arbres gémissaient. Les animaux grelottaient. Les hommes s'enfermaient. Cette pluie, c'était du désespoir qui dégoulinait ici-bas. On était condamné à pleurer avec elle. Le ciel voulait punir la terre entière.

Maxime buvait. Il commençait le matin, au petit déjeuner, et n'arrêtait plus jusqu'au coucher. C'était sa façon à lui de se mélanger au monde.

Le soir où Épiphanie rentra du commissariat de Pont-Audemer, après deux jours de garde à vue, Maxime était assis à la table de la cuisine, complètement bourré. Il ne trouva pas la force de se lever pour l'embrasser, mais il parvint quand même à demander, avec un air hagard :

« Pourquoi ils t'ont gardée si longtemps ?

— Je n'ai pas compris.

— Ils te soupçonnaient ?

— Je crois. »

Maxime hocha la tête, d'ivresse et d'hébétement, tandis qu'elle enlevait son imperméable.

« Y a pas de raison, dit-il.

— Si. On s'était encore attrapées la veille. Elle m'avait dit qu'elle allait me virer.

— Pourquoi ?

— Parce que.

— Parce que quoi ?

— Parce que, je ne peux même pas te dire pourquoi. Ça devait être ma tête qui ne lui revenait pas. »

Il la regarda longtemps, avec des yeux comme le ciel, tant ils étaient vides. Après quoi, il marmonna :

« Pourquoi tu ne m'avais rien dit ?

— T'avais assez d'ennuis comme ça. Je ne voulais pas en rajouter. »

Épiphanie s'assit en face de lui. Il haletait ; une haleine de malade.

« Tu es contente qu'elle soit morte ? demanda-t-il.

— Bien sûr que non.

— Moi, si. »

Elle tressaillit.

« Je ne vais pas pleurer sur elle, dit-il. Elle nous a fait assez de mal. »

Elle se leva et prit le pot de miel pour se faire une tartine.

« Maintenant qu'elle est morte, je n'ai plus de travail, soupira-t-elle.

— Et moi, je n'ai plus de dettes. »

Le pot de miel tomba et elle se mit à pleurer. Mais ce n'était pas à cause du pot. C'était à cause du regard de Maxime dans le sien.

Il faut oser le dire : le fumier sent bon. Comme tous les gens qui vivent avec, j'aime son odeur ; c'est de la douceur qui coule et chatouille les poumons, comme les parfums des gâteaux qui cuisent au four. Parfois même, elle enivre.

Elle chantait en moi, ce matin-là, tandis que je vidais le fumier de l'étable. De tous les travaux de la ferme, c'est celui que je préfère. J'étais dans un état second quand j'aperçus trois hommes entrer dans la grande maison. Ils n'en sortirent qu'une heure plus tard pour faire un tour à la buanderie avec Maxime et Mme Ducastel. Après quoi, ils se dirigèrent vers moi.

Ils étaient très polis, pour des messieurs de la ville. Ils me saluèrent et me serrèrent la main, comme s'ils ignoraient que je n'étais qu'un garçon de ferme.

« Il faudrait que vous nous laissiez visiter votre

maison, dit le plus gros des trois, qui avait des sourcils grisonnants.

— Bien sûr.

— On a un mandat de perquisition.

— Qu'est-ce que vous cherchez ?

— Une hache. »

Ce fut comme si j'avais reçu un coup tranchant sur la nuque.

« Oui, une hache ébréchée au milieu », reprit le policier.

La terre se mit à branler sous mes pieds et je sentis mes os trembler lorsqu'il me demanda en me regardant bien droit dans les yeux :

« Vous avez vu une hache comme ça ?

— Y a bien deux ou trois haches, ici. Mais elles ne sont pas ébréchées. Pas à ma connaissance. »

Quelque chose cognait en moi, ma poitrine se soulevait, et toutes mes chairs palpitaient quand je leur ouvris la porte de la petite maison. C'était comme si j'avais trop de sang en moi et que mes veines allaient toutes exploser en même temps.

Heureusement, le monsieur aux sourcils grisonnants me donna un caramel au lait, qui tua mon angoisse et me remit d'aplomb.

« Si c'était pas elle qu'avait tué, la police l'aurait pas gardée aussi longtemps.

— Vous n'êtes pas forcément coupable parce que la police demande à vous entendre, dit M. l'abbé d'Hauteville.

— Pas forcément, mais presque toujours.

— Vous ne connaissez pas Épiphanie.

— J'ai cette chance, en effet. Mais il suffit de la voir pour savoir qui c'est.

— Moi, je la trouve charmante. C'est une bonne chrétienne, vous savez. »

Mme Bouchard poussa un grand soupir. C'était la pharmacienne ; une grosse femme avec une voix d'homme et du poil sur les bras. Elle respirait l'autorité et ne souffrait pas la contradiction.

« Moi, je la trouve moche, dit-elle. Vous avez un drôle de goût en matière de femmes, monsieur le Curé. Mais c'est normal. Ça n'est pas votre domaine.

— Tout est le domaine de Dieu. Donc, tout est mon domaine.

— Coquin, va. »

Mme Bouchard rit, tapa quelques chiffres sur sa caisse enregistreuse et donna un sac en papier à l'abbé en disant bien fort, pour que tous les clients entendent :

« Voilà vos tranquillisants, monsieur le Curé.

Vous en aurez bien besoin, avec tout ce qui se passe. »

L'abbé sortit de la pharmacie sans regarder personne.

C'était une catastrophe ; quelque chose comme un éboulement où tout se mélangeait, l'eau, la terre, la mort.

Il fallait sauver les cocons de la pluie. Toutes les fourmis se mirent à chercher, dans le cloaque gluant qui tombait sur elles, la larve ou la nymphe à tirer d'affaire.

Les fourmis étaient toutes vierges. Jamais elles n'avaient connu l'amour. Mais elles étaient comme des mères, pour les petits de la reine. Elles étaient prêtes à mourir pour eux.

Et beaucoup moururent.

Une fourmi sortait du nid avec son cocon quand une semelle de chaussure s'abattit sur elle. Un petit caillou qui se trouvait sous sa taille lui sectionna en même temps l'abdomen. Malgré tout, elle trouva la force de se traîner avec les deux pattes qui lui restaient jusqu'à l'entrée d'une fourmilière qui, apparemment, était vide.

Plusieurs fourmis s'approchèrent. L'une d'elles tenta de lui arracher le cocon tandis que les autres lui polissaient les antennes. Mais elle refusa de lâcher prise.

Elle voulait garder le vivant qui vibrait au bout de ses mandibules. C'était tout ce qui la rattachait au monde. Elle ne relâcherait le cocon qu'à l'instant où la dernière moitié d'elle-même expirerait.

En attendant, elle serait invincible. Elle avait tellement vécu pour les autres qu'elle ne pouvait plus mourir.

La porte s'ouvrit et la semelle de chaussure s'avança, suivie d'une autre.

« Bonjour, dit une voix. Inspecteur Levreau, de la Police judiciaire. Je voudrais parler à M. Ducastel Maxime. »

Le jour où Maxime fut retenu au commissariat, Mme Ducastel passa son temps à dormir. C'était sa manière de régler ses problèmes.

La mienne, c'était le pigeonnier. J'y restai quelques heures, ce jour-là, à écouter le vent gronder. Il arrivait, comme une cavalcade, de l'autre côté du monde et courbait tout sur son passage en poussant des cris vengeurs.

Le silence s'en était allé. Il avait eu trop peur, avec tout ce vent.

Juste après le déjeuner, les craquements du bois

de l'escalier puis ceux de l'échelle m'avertirent de l'arrivée de Mme Ducastel. J'aurais aimé que ce fût Épiphanie, mais je savais bien que ça n'était pas encore possible.

Mme Ducastel était toujours en train de monter quand elle dit, en haletant, depuis un barreau d'échelle :

« Il faut que tu fasses quelque chose pour moi, Jésus.

— Oui, madame.

— Tu sais bien que ça n'est pas Maxime qui a fait ça.

— C'est qui ?

— Épiphanie, voyons. »

Apparut son visage. Il était blême de sommeil, de chagrin et de haine.

Je me levai et l'aidai à terminer son ascension. Elle souffla comme une vache et dit en s'asseyant :

« Je suis sûre que c'est grâce à toi qu'on a été débarrassés de cette saleté de châtelaine.

— Je n'ai pas tant de pouvoirs.

— Si. Je voudrais maintenant que tu aides Maxime à s'en sortir. Il est innocent. Tu ne vois pas comme il est innocent ? »

Au lieu de répondre, je préférai demander :

« Qu'est-ce que vous attendez de moi ?

— Que tu te mouilles pour Maxime. Tu sais

bien qu'il est incapable de faire du mal à une mouche. Encore moins à une vieille dame.

— Je ne vois pas ce que je dois faire.

— Puisqu'il faut un coupable, y a qu'à charger Épiphanie. De toute façon, c'est elle. Quand on sait comment la mère Avisse a été assassinée, on a tout compris. »

Mme Ducastel me prit la main et dit à voix basse, sur le ton de la confidence :

« C'est un crime rituel.

— Vous l'avez dit à la police ?

— Évidemment. Mais elle n'a pas écouté. C'est pour ça qu'elle a convoqué Maxime. Elle perd son temps, et nous le nôtre. »

Elle lâcha ma main et reprit :

« Il faut que tu ailles faire une déclaration à la police et que tu dises que c'est Épiphanie. »

Elle aspira un coup d'air puis soupira :

« Je t'aime beaucoup, Jésus. Beaucoup. J'espère que t'en es conscient et que tu feras tout pour ne pas me décevoir. »

J'avais une excuse. Le vent m'enivrait. C'est pour ça que je me mis à pleurer quand Mme Ducastel posa sa main sur mon épaule. Chaque fois que je me laisse griser, je deviens très influençable.

Tous les ans, c'était la même chose. Quand les chanterelles commençaient à grouiller dans le frais des sous-bois, la vie se mettait partout au ralenti. Les hérissons partaient se coucher dans une nuit qui n'en finissait plus. Les crapauds s'enterraient dans le chaud de la terre. Les salamandres s'enfouissaient sous les pierres. Les mouettes débarquaient de partout. Moi, j'étais le plus heureux des hommes. J'aime la douceur de la terre qui somnole. Je m'y abandonnais toujours avec le sentiment que le monde était devenu meilleur. Sauf que, cette année-là, j'avais trop de choses à entendre, à faire ou à penser.

J'avais posé mon vélomoteur contre une haie, juste à l'entrée de Pont-Audemer. C'était plus fort que moi, quelque chose me disait qu'il ne fallait pas que j'entre dans la ville. Sinon, je risquais de perdre cet autre monde qui, depuis ma petite enfance, parle en moi.

La lune était tout en haut du ciel. On voyait comme en plein jour. Mais tout avait l'air décapé. Les arbres étaient comme des statues blanches.

Je descendis au bord de la Risle et la regardai couler ; un gargouillis de plaisir qui n'en finissait jamais. C'est une rivière très bavarde. Ses histoires me prenaient. Tout d'un coup, alors que je m'étais laissé entraîner trop loin dans l'une d'elles, quelque chose me culbuta puis m'emporta.

C'est ainsi que je me retrouvai devant une des fenêtres du commissariat de Pont-Audemer. Derrière, Maxime ne semblait pas à son affaire.

J'aimerais bien être beau. Je serais moins timide. L'inspecteur Levreau avait l'assurance des gens qui savent que la nature les a gâtés. Ils ne bégayent jamais. Ils n'ont même pas de boutons.

L'inspecteur Levreau était tellement épris de lui-même qu'il lui arrivait de se caresser la nuque, la figure ou les bras avec des éclairs de plaisir dans les yeux. Tout le monde aurait fait pareil à sa place.

Rien qu'avec sa présence, il répandait plein de beauté dans son bureau. Mais, avec son teint blafard et sa tête baissée, Maxime, lui, n'apportait que du malheur et, comme toujours, c'est le malheur qui avait l'avantage.

Tout en se lissant les cheveux, l'inspecteur Levreau demanda pour la quatrième fois à Maxime, sur un ton dégagé, comme s'il n'avait encore jamais posé cette question :

« Qu'est-ce que vous fabriquiez, ce jour-là ?

— Je vous l'ai déjà dit.

— Bien sûr. Vous avez chassé et puis débroussaillé. Vous n'avez rien entendu ?

— Rien.

— Vous en êtes sûr ?

— Absolument.

— Comment c'est possible ?

— Je ne sais pas.

— Y a bien eu un cri ?

— Y avait du vent, je crois.

— Bien sûr, ricana l'inspecteur.

— Y a toujours du vent par chez nous. Et quand on entend un cri, on se dit que c'est le vent qui crie.

— Bien sûr. »

L'inspecteur Levreau hocha la tête, comme quelqu'un qui pense, puis demanda avec une ironie dans la voix :

« Vous êtes rentré à quelle heure de la chasse ?

— Dix heures et demie.

— Tout à l'heure, vous m'aviez dit à dix heures.

— Mettons dix heures un quart.

— Et quart, corrigea l'inspecteur.

— Pardon. Dix heures et quart.

— Vous aimez la chasse ?

— Oui, dit Maxime. Surtout la chasse au sanglier.

— Moi aussi.

— Je vous invite quand vous voulez, monsieur l'Inspecteur. Avec mes collègues, on est après un grand solitaire. On connaît sa souille.

— Quand on connaît la souille d'un sanglier, il ne peut plus vous échapper. C'est comme quand on connaît le cœur d'une femme ou le mobile d'un coupable. »

L'inspecteur Levreau rit ; d'un rire suffisant.

« Je connais votre mobile, dit-il.

— Ce n'est pas moi qui l'ai tuée. »

Maxime n'avait presque plus de salive dans sa bouche. C'était la soif ; c'était aussi l'émotion.

« Bien sûr, soupira l'inspecteur. Mais si c'était vous, je saurais pourquoi. Vous deviez beaucoup d'argent à Mme Avisse.

— Pas beaucoup.

— Pas beaucoup pour elle, mais beaucoup pour vous.

— Vous savez bien que je ne l'ai pas tuée.

— Tout ce que je sais, c'est que, vous et votre femme, vous aviez toutes les raisons de le faire. »

L'inspecteur Levreau fouilla Maxime de l'œil, dans un silence épais.

« Vous devriez avouer tout de suite, reprit-il. Vous verrez : après, vous vous sentirez mieux. Ce sera comme une libération.

— Même si c'est pas moi ?

— Bien sûr. Même si c'est pas vous. »

Maxime n'était plus qu'un corps assoiffé et fatigué. C'est alors qu'une idée monta en lui et mit un sourire sur ses lèvres.

Les volailles n'étaient pas contentes. Elles en voulaient à la terre entière. Ce n'était pas leur jour. Personne n'aurait pu dire pourquoi. Elles non plus. Il fallait une guerre.

Un poulet roux à la crête saignante la déclara, dès les premières heures du matin, à la bête noire du poulailler : un petit tas de chairs affolées avec des escarres et des plumes autour, qui passait son temps à raser les murs ou à ramper dans les herbes. Une pitié.

La bête noire ayant fini par disparaître, le poulet à la crête saignante décida de s'attaquer au coq. Il tourna longtemps autour pour le juger.

Il le jugea mal. C'était un coq très gros et très luisant, avec du rouge et de l'or qui flambaient partout sur lui. Il avait des ergots comme des couteaux et un regard de vrille. Il chantait plus fort que le vent, plus loin que la forêt, plus haut que les grands frênes. Le ciel vibrerait longtemps de ses cocoricos. Il le savait. C'est ce qui lui donnait cette assurance.

Le poulet à la crête saignante prit son élan et se

rua, toutes plumes hérissées, sur le coq, mais à cet instant-là celui-ci tourna négligemment la tête. Un regard avait suffi. L'assaillant s'arrêta net, feignit d'avoir trouvé une graine et entreprit de gratter la terre en caquetant de joie.

Le spectacle arracha un sourire à Épiphanie, qui venait ramasser les œufs.

Mais, malgré son sourire, son visage était rempli de larmes.

L'observant de la fenêtre de la buanderie, je me concentrai pour calmer le cochon en moi, qui me disait de la prendre.

C'était toujours comme ça, à cette saison. La forêt sentait l'amour. Il imprégnait l'écorce des arbres et répandait partout sous les futaies l'odeur attrayante de la femelle en chaleur.

Depuis deux ou trois jours, les laies se frottaient aux troncs pour se rappeler au souvenir des sangliers. Chaque arbre était une déclaration. Chaque brise, un baiser.

Il ne se tenait plus, le grand solitaire. Il grattait le sol, urinait sans arrêt, claquait des mâchoires en direction d'un ennemi imaginaire et déposait de temps en temps un peu de bave sur le haut des troncs, pour impressionner les populations.

Quelque chose gonflait ses veines ; un mélange de fièvre et de rage. C'était l'amour.

Ce jour-là, alors qu'il allait à la souille, il tomba sur une compagnie : trois femelles et des tas de bêtes rousses. Il souffla. Un mâle s'approcha. Il n'avait pas trois ans. C'était un ragot, un petit jeune trop sûr de lui. À son tour, il souffla. Après quoi, les deux cochons coururent ensemble, flanc contre flanc, en cherchant à se faire tomber, jusqu'à ce que le gros noir double son cadet et se plante devant lui en claquant les dents.

Le ragot baissa la tête et ses écoutes se couchèrent, comme les oreilles des chiens peureux. Alors, le grand solitaire s'avança en grognant et l'autre s'enfuit dans le soir qui tombait.

Le grand solitaire avait maintenant trois laies rien que pour lui. Il renifla leur devant et leur derrière. Il frotta son groin sous leur ventre. Il posa son menton sur leur bas du dos comme elles aimaient toujours. Mais rien n'y fit. Chaque fois, elles grognaient ou montraient leurs crochets. Leur heure n'était pas venue.

Le plus embêtant avec l'amour, c'est qu'il faut être deux. Quand l'un est prêt, l'autre pas. C'est pourquoi on l'attend toujours, même quand on le tient.

Si l'amour pouvait se faire tout seul, en communion avec le monde, il y aurait plus de joie ici-bas. C'est encore quelque chose que Dieu n'a pas compris.

Je m'étais rendu au bourg pour acheter mon vin. Auparavant, j'étais allé prendre, comme je le fais souvent, un gorgeon au bar de la place. Lorsque j'entrai, M. Taupin, le cafetier, donnait une conférence sur le crime à deux clients pompettes, qui chaviraient au bord du comptoir.

« Ah, ça tombe bien, dit M. Taupin. Tu vas pouvoir éclairer notre lanterne, Jésus. N'est-ce pas Épiphanie qui est la suspecte numéro un ?

— Plus maintenant.

— Si elle s'en sort, c'est que le bon Dieu est arabe. Ça se voit comme je te vois que c'est elle qui a fait le coup.

— Moi, protestai-je, je suis sûr que c'est pas elle. »

M. Taupin croisa ses mains sur son ventre, le plus gros du canton, et ricana :

« Si t'es amoureux, faut le dire tout de suite. »

Alors, je sortis. Je suis comme les enfants. Je n'aime pas qu'on dise que je suis amoureux. C'est trop grave pour qu'on en parle. Ça doit rester un secret entre moi et moi.

Le chat noir était en train d'avaler en même temps un bout de boyau et une patte de lapin. Sans oublier la fourrure qui va avec. Mais ça ne passait pas. Il avait l'œil, son œil unique, plus gros que le ventre.

Une voiture arriva et le matou poussa, depuis le fossé, ce soufflement qui faisait fuir les autres chats ; une exhalaison de haine.

Mais la voiture n'eut pas peur. Au contraire, elle s'arrêta quelques mètres plus loin, devant la barrière des Papavoine.

Deux hommes en descendirent. Ils jetèrent un regard circulaire sans rien dire. Le matou planta ses dents dans ce qui restait du garenne et se terra dans la position du soldat prêt à bondir. Mais ils prirent la direction de la caravane et il put retourner à son festin.

Ils surprirent les deux frères Papavoine en train de jouer aux cartes.

« Bonjour, les enfants, dit l'inspecteur Levreau. On est bien chez Jacky Papavoine ?

— C'est ici, dit Roro.

— On le cherche. »

Didi prit un air désolé et laissa tomber :

« C'est vraiment pas de chance. Il vient de partir à Rouen.

— Y a longtemps ? demanda l'inspecteur.

— Non. Y a un instant. Vous avez dû vous croiser sur la route.

— Qu'est-ce qu'il est parti faire ?

— Il a une copine là-bas, Mustafette, et je crois qu'ils voulaient faire des courses ensemble.

— C'est quoi, sa voiture ?

— Une deux-chevaux turquoise. Avec une antenne de radio et des enjoliveurs partout.

— Merci, les enfants.

— Si vous voulez le rattraper, fit Didi, je suis sûr que vous y arriverez. Il roule pas vite. »

Pour raccompagner les deux hommes, Didi et Roro se composèrent des visages d'enfants sages comme des images.

« Qu'est-ce que vous lui voulez, à notre père ? demanda Didi quand ils arrivèrent à la voiture.

— On est de la police. »

Didi se mangea les lèvres, pour faire le timide, puis demanda :

« Papa a encore fait des bêtises ?

— On a juste des questions à lui poser sur l'assassinat de Mme Avisse.

— Il l'a même pas connue.

— Ça ne prouve rien, dit l'inspecteur. Vous la connaissiez, vous ? »

Didi réfléchit et murmura :

« On la connaissait un petit peu.

— Comment ça ?

— On lui vendait des bêtes, répondit Roro.

— Des lapins ?

— Oui, par exemple.

— On en a trouvé un chez elle, après sa mort. Il venait de chez vous ?

— C'est possible. »

L'inspecteur Levreau jeta à Didi un regard affectueux avec, cependant, quelque chose de très dur au milieu.

« Ça serait peut-être bien que vous nous suiviez, conclut-il. J'aimerais bien creuser cette histoire de lapin. »

Il ouvrit la portière arrière et dit avec un geste du menton : « Vous montez ? »

Les deux frères Papavoine s'exécutèrent. Ils souriaient par-devant mais, en leur for intérieur, ils tremblaient comme des bêtes à l'abattoir.

Cette nuit-là, quand il rentra du commissariat, Maxime ne se coucha pas. Il tournicota dans le clos jusqu'au petit matin. Je ne l'avais jamais vu comme ça. Il pensait. Sans doute pour la première fois de sa vie.

Comme il n'en avait pas l'habitude, il était sur les rotules, plus blanc que jamais, avec les traits si tirés qu'on aurait dit qu'ils allaient se casser. Il passa la plus grande partie de la journée à se reposer, pour récupérer. Mais il ne récupéra pas. Le soir, quand il se leva pour dîner, il avait l'air d'un mort-vivant, mais il n'était ni tout à fait mort ni tout à fait vivant. Il trouva quand même la force de gifler Épiphanie, sous le prétexte qu'elle l'avait « mal » regardé.

VI

C'est un principe. Je ne vais qu'aux enterrements des gens que j'ai aimés. Je ne suis pas allé à l'enterrement de Mme Avisse.

Maxime était tout endimanché en noir, quand il me demanda, en sortant de la grande maison, pourquoi je ne voulais pas venir à la messe avec eux.

« Parce qu'elle a fait du mal à ma mère, répondis-je.

— C'est de l'histoire ancienne. Quand les gens sont morts, on leur passe tout. »

Il se mit à jouer avec ses clefs de voiture.

« Désolé, dis-je. Mais je ne pardonne pas.

— Ce que tu peux être rancunier.

— Mais moi, je n'ai rien à me faire pardonner. »

Il s'arrêta de jouer avec ses clefs et chercha mon regard ; mais il ne put le soutenir. Il haussa les épaules, puis souffla :

« Je ne comprends pas ce que tu veux dire. »

Sur quoi, il tourna les talons pour rejoindre Épiphanie et Mme Ducastel, qui l'attendaient dans la voiture.

Les Ducastel arrivèrent parmi les derniers à la messe. C'était le meilleur moyen de se faire remarquer. Quand ils entrèrent dans l'église Saint-Ouen, un murmure courut le long des travées et tous les regards convergèrent sur Épiphanie. Elles étaient trop lourdes à porter, toutes ces prunelles sur ses épaules.

Épiphanie se laissa tomber sur l'agenouilloir et commença à prier. Mais les regards continuaient.

Alors, elle finit par fondre en larmes et, après avoir échangé quelques mots avec Maxime, sortit de l'église.

Elle rentra à pied.

Quand elle arriva à la ferme, j'étais en train de couper du bois à la tronçonneuse. Je m'arrêtai net et me dirigeai vers elle en demandant :

« Vous avez eu un problème ?

— Non, dit-elle en faisant le geste de chasser des mouches. Ce n'est rien. »

Elle pleurait toujours.

« Qu'est-ce qui s'est passé ? » insistai-je.

Elle secoua la tête. Je compris qu'elle n'avait pas envie de parler.

« Continuez à travailler, dit-elle. Je ne veux pas vous déranger. »

Elle s'assit sur un tronc et me regarda débiter les bûches. Même si c'était dangereux, je ne la quittais pratiquement pas des yeux.

Les hurlements de la tronçonneuse ne nous empêchaient pas de faire, pour la première fois, connaissance. Je lui parlais avec les yeux. On se dit toujours plus de choses comme ça. Surtout quand on s'aime.

Les grandes amours sont muettes. C'est pourquoi on les garde toujours pour soi. On les perd dès qu'on les raconte.

C'était l'époque où Didi et Roro allaient aux champignons. Ils revenaient avec des sacs pleins à ras bord des trompettes-de-la-mort que la forêt dégorgeait, après les pluies, quand la terre mollissait et que des vapeurs flottaient dans le ciel.

C'était son vomi, à la forêt.

Les trompettes-de-la-mort ne sonnaient jamais rien, même pas ce que leur nom promettait. Elles annonçaient simplement le mauvais temps.

Mais elles répandaient une bonne odeur de plaisir, comme le vin chaud, une odeur qui donnait un petit creux.

Les frères Papavoine les vendaient à Mme Lampron, l'épicière. Elle avait beaucoup grossi, ces derniers mois, mais son derrière avait tout pris, ce qui accusait encore la délicatesse de son visage, de ses épaules, de ses jambes, de ses mains.

On disait qu'elle avait une histoire avec M. Taupin, le cafetier ; des racontars sans doute. Je n'imaginais pas un postérieur pareil s'assembler avec le plus gros ventre du canton. Encore que, du point de vue de l'équilibre, la chose pouvait tenir debout.

Ce jour-là, quand elle vit entrer les deux garçons dans son épicerie, Mme Lampron dit avec une tête d'enterrement :

« Ça fait bien une semaine que je ne vous ai pas vus. Qu'est-ce qui vous est arrivé ?

— On a été arrêtés, fit Didi.

— Arrêtés ?

— Oui, rapport au crime. On a été interrogés pendant deux jours.

— Y a rien eu dans les journaux.

— C'est pas une raison pour que ça soit pas vrai.

— On a tout dit, souffla Roro. Maintenant, la police est sûre que c'est pas nous.

— Que tu crois », corrigea Didi.

Mme Lampron partit à la remise chercher deux cageots dans lesquels elle vida les sacs. Leurs effluves envahirent le magasin.

« Les champignons sont comme nous, dit-elle. Il faut qu'ils respirent. »

Quand elle eut fini, elle souffla un grand coup. Sa tête avait rougi sous l'effort.

« Alors, racontez-moi », murmura-t-elle en leur tendant un bol plein de bonbons.

Didi prit trois caramels mais en mit un seul dans sa bouche. Après quoi, il répondit :

« C'est pas compliqué. Comme on avait été chez Mme Avisse le matin du crime, ils avaient plein de questions à nous poser.

— Toujours les mêmes, précisa Roro.

— On leur a dit qu'on y était pour rien. C'est pas parce qu'on lui avait livré un lapin qu'on avait tué la vieille. Au contraire. On pouvait plus rien lui vendre, après qu'elle était morte.

— Ça me paraît frappé au coin du bon sens, observa Mme Lampron. Ils vous ont crus ?

— Je sais pas, mais ils nous ont relâchés. Maintenant, je pense qu'ils soupçonnent papa.

— Votre père ? Mais je croyais qu'ils soupçonnaient la bicaude à Ducastel. Comment elle s'appelle déjà ?

— Épiphanie.

— C'est ça. »

Mme Lampron s'assit derrière sa caisse en se tenant les hanches, dans la position de la reine du village.

« Votre père, ça fait longtemps qu'on l'a pas vu, reprit-elle. Il voyage beaucoup, murmura-t-elle.

— C'est des voyages d'affaires qu'il fait.

— Et ça marche ?

— Comme les affaires marchent de mieux en mieux, il voyage de plus en plus.

— Il vend quoi maintenant ?

— Des peignes.

— C'est pour ça qu'il a un alibi, fit Roro. Il a bien trop de travail pour tuer les gens.

— De toute façon, conclut Didi, on ne tue pas les gens avec des peignes. »

Mme Lampron hocha la tête avec un sourire étrange, comme si on s'était payé la sienne, et qu'elle se jurât d'en tenir compte à l'avenir.

L'hiver, quand les arbres avaient perdu leurs feuilles, le jour emplissait la forêt ; une inondation. Le ciel entrait partout en elle, jusqu'au pied des troncs, là où la mousse se bombait dans l'ombre.

C'est donc au vu et au su du monde entier que le grand solitaire pénétra la troisième et dernière laie de la compagnie. Le soleil coulant sur ses flancs, il resta plusieurs minutes en elle, dans un silence qui avait tout arrêté, même le vent, même le temps. Elle aimait son groin sur sa croupe. Il aimait sa croupe sous son groin.

Lui au-dedans d'elle et elle au-dedans de lui, la vie courait entre eux.

L'air chantait.

Subitement, le sanglier relâcha son étreinte. Ce fut comme un arrachement. Les odeurs étaient parties d'un coup. Il se sentit abandonné à nouveau.

Il fallait retourner à la forêt et à la solitude.

Le lendemain de l'enterrement, quand elle était allée au bourg faire des courses. Épiphanie avait ressenti, en pénétrant dans la boulangerie, la même sensation qu'à l'église. C'était les mêmes regards plantés sur elle, comme des couteaux, dans un silence de pierre.

Quand son tour était arrivé, elle avait fermé les yeux et demandé :

« Deux bâtards et un gros pain, s'il vous plaît. »

La boulangère les avait pris et jetés devant elle. Ce n'était pas son genre, pourtant. Elle était douce comme son pain.

C'est là qu'Épiphanie avait commis l'erreur. Elle avait levé les yeux. Ce qu'elle vit dans le fond du regard de la boulangère la fit trembler longtemps.

Après avoir payé, elle sortit comme une somnambule. Elle avait tout juste la force de marcher et laissa tomber les pains sur le trottoir. Quand elle rentra, elle était en sanglots, ravagée.

Elle ne voulut plus jamais retourner au bourg.

Par un matin de petite brume, Maxime réparait la clôture qu'un bœuf avait défoncée la veille, quand il aperçut, tout près de là, au pied d'un buisson, une bête rouge feu qui remuait dans le blanc du givre.

Il s'approcha.

La bête était sur le dos, comme une femme qui s'offre, et regardait Maxime avec des yeux qui brûlaient.

C'était un renardeau.

Il se retourna en criant quelque chose comme : « Crin, cri, crin, cri. » Son postérieur était une grande plaie. Sa patte arrière droite, comme un bâton sanglant et l'autre ne semblait guère vaillante.

La bête avait été écrasée par une voiture, sur la départementale, et s'était traînée jusque-là.

Maxime fit un pas vers elle, son maillet à la main, et dit d'une voix mielleuse :

« Doux, doux, n'aie pas peur. »

Il avançait lentement. La bête le laissait venir.

« Détends-toi, murmura-t-il. Allez, doux, doux. »

La bête oubliait son instinct de renardeau peureux et le regardait comme il aurait regardé sa mère.

Maxime donna un coup de maillet, puis un deuxième et encore un troisième sur le renardeau qui se tordit dans son sang comme un serpent.

S'il les avait regardés, il aurait pu lire dans les yeux du renardeau qu'il l'avait déçu. Mais ça ne lui aurait rien appris. Maxime avait toujours déçu tout le monde, y compris lui-même.

Après ça, il respira un bon coup. La colère était partie. Maintenant, il se sentait mieux. Parfois, un coup de maillet suffit.

Ce matin-là, je faisais la queue à la supérette de Routot, avec mes provisions de la semaine, quand j'entendis la personne devant moi, une jeune femme dans un manteau de fourrure, dire au vieillard à lunettes qui l'accompagnait :

« Elle s'est dénoncée toute seule, la salope. Un assassin ne va pas à l'enterrement de sa victime. Il peut pas supporter. Elle a pas supporté. »

J'aurais sans doute pris la défense d'Épiphanie si je n'étais tombé, à cet instant, sur M. Jacob. On l'appelait le « professeur », bien qu'il fut un bibliothécaire à la retraite. Il passait des heures sur sa pelouse, dans la position de Bouddha. Il m'avait dit, un jour : « Les gens croient que je médite mais je ne pense à rien. Vider sa tête, c'est mieux qu'une bière. »

Il avait toujours l'air un peu ivre, pourtant. Comme il prétendait deviner l'avenir, M. Taupin, la méchante langue du bourg, disait de lui : « Il croit qu'il voit loin, mais il voit double. »

M. Jacob me regarda avec un air de conspirateur et murmura, comme un secret d'État :

« Il s'en passe des choses étranges, par chez toi. »

Je croyais qu'il voulait parler du crime, mais il ajouta :

« C'est quand même bizarre, ce sanglier qui nargue tout le monde. »

Bien que j'aie conscience de l'absurdité de la chose, je dois avouer que j'eus un sourire de fierté. Pour un peu, je l'aurais remercié du compliment.

C'était une de ces journées malades où tout est enrhumé, à cause du brouillard qui a passé partout sa main moite.

Le vent toussotait entre les arbres qui gémissaient, dans un clapotis de branches mortes. La forêt n'avait plus rien à dire que son chagrin.

Elle avait raison. C'était un temps pour mourir.

Il n'empêchait pas l'inspecteur Levreau de sourire tout le temps. C'était à cause de la mort, justement. Il l'avait là, avec lui, dans son fusil. Elle l'enivrait par avance.

Les autres aussi, ça les enivrait, toute cette mort à donner, et leurs narines frémissaient comme les naseaux de leurs chiens.

Maxime avait découvert plusieurs laissées du grand solitaire, déposées le matin même, comme une provocation, près du chemin de la Patte-d'Oie. Des crottes grosses comme des bouses d'éléphanteau.

« Avec le mauvais temps, dit Maxime, elles deviennent de plus en plus molles.

— Dieu sait si j'en ai vu, commenta l'inspecteur en les effleurant du doigt. Jamais des comme ça.

— Normal. Des solitaires comme celui-là, on n'en fait plus. »

M. Chevillard approuva avec un air surexcité : « C'est sûrement le dernier de ce genre. Il est pas fait pour notre époque, il est bien trop gros.

— Maintenant, dit M. Muche, on voudrait nous faire prendre les bêtes rousses pour des gros noirs. Non mais, franchement...

— Son temps a passé.

— C'est pour ça qu'il va crever », murmurai-je.

Je n'en avais pas dit plus, mais c'était déjà trop. Maxime se mit à beugler après moi :

« Toi, tais-toi. Tu vas nous porter malheur. Au lieu de parler tout le temps, tu ferais mieux de t'occuper des chiens. Ils foutent le camp de tous les côtés. »

Tandis que je rassemblais les chiens, l'inspecteur Levreau dit à M. Chevillard :

« Si on réussit à le tuer aujourd'hui, j'aimerais bien qu'on me donne la tête. Je la ferais naturaliser.

— Ne vendez pas la tête avant de l'avoir coupée. Surtout qu'il la fera cher payer.

— Vous serez d'accord pour la donner ?

— Oui, mais je vous répète : on l'aura pas comme ça. C'est pas un sanglier, c'est un courant d'air. On a tout essayé avec lui. On l'a même routaillé au limier. Il s'est jamais laissé prendre. »

Je plongeai, avec Maxime et les chiens, dans l'humide de la forêt. Elle était froide comme la mer. Des vagues blanches déferlaient au-dessus des arbres.

Les autres se postèrent entre les fourrés tandis que mes chiens aboyaient à tue-tête pour affoler les bêtes.

Soudain, un ragot bondit d'un taillis ; un bolide. L'inspecteur le manqua mais M. Chevillard ne le rata pas. Le petit sanglier s'affaissa, dans sa coulée, avec des couinements de cochon qu'on égorge. Il tentait d'avancer mais ses pattes arrière ne répondaient plus. Les chiens s'accrochaient à lui ; ils commençaient à le manger vivant. Il fallut l'achever. C'est Maxime qui s'en chargea, comme d'habitude.

Sous le couteau, la bête gigota une dernière fois avant de s'abandonner dans sa glu de sang. Chaque fois qu'une vie s'en va devant moi, je me sens sale et honteux. Mais je n'eus pas le loisir d'y penser plus longtemps.

« Qu'est-ce que tu fais ? hurla Maxime. T'attends que les chiens le bouffent ? »

Alors que je vidais le sanglier et donnais ses viscères aux chiens, je constatai que le vent s'était arrêté. Le silence dégouttait du malaise. La forêt se venge toujours ainsi, quand on lui a pris quelque chose. Même un ragot.

Mais les autres ne se rendaient compte de rien. Pendant que mes mains trempaient dans le sang et la souffrance, ils se racontaient leurs histoires de chasse en mangeant des tartines de fromage et en sifflant une bouteille de vin rouge.

C'était l'image du bonheur. Sauf que l'inspecteur, qui s'était mis à côté de Maxime, portait sur lui un regard pétrifiant.

Il ne faut pas me laisser tout seul. C'est étrange que les Ducastel n'aient pas encore compris ça.

Quand je n'écoute pas aux portes, je fouille dans les affaires. J'étais venu déboucher l'évier, dans la cuisine de la grande maison, quand j'aperçus, sur le buffet, la bible d'Épiphanie. Je la secouai jusqu'à ce qu'un papier en tombe. Je le dépliai et lus :

Mon Dieu chéri,

Plus je m'assombris, plus tu m'éclaires. Plus j'ai mal, mieux je me sens. Plus je m'enfonce, plus je me rapproche de toi. C'est quand on n'est plus rien qu'on comprend tout.

Je crois en toi, mon Dieu, mais je ne crois plus en personne, même plus en moi. Protège-moi, je t'en supplie, et délivre-nous du Mal.

ÉPIPHANIE.

Épiphanie ne sortait plus jamais. Maxime était toujours dehors. Il me faisait presque autant de peine qu'elle.

L'embêtant, dans la vie, c'est qu'il y a tout le temps un œil qui vous regarde, l'œil de quelqu'un qui vous veut du mal.

On est toujours la proie d'un autre. C'est pour ça qu'on a peur, plus ou moins. Si on est la mouche, c'est de la grenouille. Si on est la grenouille, c'est du canard. Si on est le canard, c'est du renard. Si on est le renard, c'est de Maxime.

Maxime, c'est de l'inspecteur Levreau qu'il avait peur. Il n'en parlait jamais. Il y pensait toujours.

La musaraigne était en train de manger un ver de terre qui, apparemment, ne prenait pas ça trop mal. Elle l'avait trouvé dans l'herbe où il se vautrait et l'avait traîné jusqu'à son nid pour en profiter à son aise, loin de toutes ces menaces par-dessus et en dessous d'elle.

En avalant le ver, la musaraigne avalait du bonheur. C'était de la vie qui coulait dans sa gorge; une vie qui se donnait à elle.

Elle ne se tordait même pas, cette vie. Elle palpitait à peine. Elle était consentante, ce qui grisait la musaraigne.

Elle tressaillit, soudain. Un bruit de fin du monde lui avait annoncé mon arrivée. Je pris soin d'éviter le nid de la musaraigne et enfonçai mes bottes un peu plus loin dans les ronces effeuillées, pour observer le spectacle, de l'autre côté de la haie : Maxime en conversation avec une jeune femme assez grande et pleine de vie.

C'était la fille de Mme Avisse.

Je n'ai pas connu M. Avisse. Mais personne ne l'a connu. Même pas sa femme. Jusqu'à sa mort, il n'est sorti que très rarement de sa chambre.

On l'appelait le « capitaine ». C'était, paraît-il, un très bel homme. Il avait une barbe de philosophe et des yeux tristes à pleurer.

Il n'était pas malade. Il avait été fait prisonnier pendant la guerre d'Indochine et ne s'était jamais remis d'avoir passé deux ans enfermé dans une petite cage.

Depuis, il avait la nostalgie de la cage. C'est pourquoi il restait tout le temps dans sa chambre à ne rien faire, comme un prisonnier de guerre : quand on l'a été, il paraît qu'on le reste pour la vie.

Le « capitaine » prenait toujours ses repas dans sa chambre et mangeait par terre. Souvent, il parlait tout seul. Il faisait sa conférence. C'était toujours la même. Il racontait la bataille de Diên Biên Phu. Il était convaincu que la France aurait pu la gagner. « Là où il y a une volonté, disait-il, il y a un chemin. »

Personne ne plaignait Mme Avisse. Elle avait trop facilement pris son parti de la condition de son mari. Elle n'allait jamais le voir dans sa chambre et courait le guilledou toute la journée.

Un matin, alors qu'elle entrait dans sa chambre

pour faire le ménage, maman trouva le « capitaine » assis contre le mur dans la position du fœtus. « C'est la seule fois où je l'ai vu à peu près détendu », m'a-t-elle rapporté. Il était mort.

Mais il y avait déjà longtemps qu'il ne vivait plus.

Mme Avisse avait épousé un nom : le « capitaine » était le fils d'un ancien sénateur de la Seine-Maritime. Il ne lui laissa que ça. Même pas Astrid. Sa fille naquit trois ans après sa mort. Le père d'Astrid était inconnu, comme le mien. Sauf que ce n'était sûrement pas le même.

Je plumais un poulet lorsque Mme Ducastel s'approcha de moi, avec un air très gentil, comme chaque fois qu'elle avait quelque chose à me demander.

« Toi qui sais tout, dit-elle, je suis sûre que tu sais qui a tué Mme Avisse. »

Décidément, c'était une obsession. Mon front se plissa pour lui indiquer que je réfléchissais.

« Pas encore, dis-je, mais je sens que je le saurai bientôt.

— Moi, je sais. C'est Épiphanie.

— Qu'est-ce qui vous permet de dire ça ?

— Son air. Elle a un air tellement coupable. »

Elle me prit le bras et murmura :

« Je voudrais que tu dises que tu l'as vue prendre une hache, le jour du crime.

— Mais c'est un mensonge.

— Moi, c'est ce que j'ai raconté à la police. »

Je secouai la tête, avec un air buté.

« Puisque je te dis que c'est elle, dit-elle. Il faut bien que la vérité éclate.

— Mais ça n'est pas la vérité.

— La vérité, c'est quand on en a peur qu'elle devient un mensonge. »

Quand le grand solitaire retrouva sa souille, la boue était dure comme du caillou, à cause du gel. Il ne put donc pas se vautrer dedans. Il se sentit très sale, tout d'un coup, et partit à la poursuite d'un garenne couleur de terre qui passait par là.

Il courut longtemps derrière. Il était comme ça, le sanglier. Quand il n'avait pas sa boue, la colère lui hérissait les soies et soulevait ses garrots. Il ne s'appartenait plus. Il fallait qu'il tue.

Mais il n'arriva pas à attraper le lapin qui se coula, soudain, dans un fouillis de ronces. C'est pourquoi sa colère mit longtemps à partir. Il erra du côté du hêtre chandelle puis du chêne cuve, jusqu'au Landin où il resta longtemps en arrêt, sur le haut du plateau, à respirer à grandes goulées l'odeur de bonheur qui s'élevait au-dessus du brouillard, dans un silence moelleux.

C'était l'odeur de la Seine, en bas.

Quand Maxime m'annonça que la fille de Mme Avisse allait s'installer quelque temps dans le château de sa mère, j'en eus la gorge nouée.

Astrid Avisse était journaliste. C'est un drôle de métier, qui ne sert plus à rien. De nos jours, avec la télévision, les gens savent tout et n'ont plus de temps à perdre. Dans notre coin, il n'y a guère que M. Jacob pour lire encore la presse.

Depuis toujours, elle répète la même chose. Elle n'y peut rien. L'avenir, c'est du passé qui recommence. Le monde a toujours besoin de boucheries, pour réguler l'espèce. Il mouline sans arrêt les mêmes vanités. Rien ne change donc jamais, ici-bas. Sauf qu'il y a de moins en moins de curés et qu'il faut de plus en plus de gendarmes.

Je ne crois pas que Mlle Avisse était consciente de la vanité de son métier. Au contraire, quand elle commentait les nouvelles, elle faisait toujours l'importante. Mais, son journal ayant cessé de paraître, elle avait décidé de se payer une saison à la campagne pour « se refaire une santé », comme elle disait.

Je ne comprenais pas pourquoi. Quand elle arriva, elle transpirait déjà de santé. C'était sa nature. Avec ses lèvres épaisses et son nez épaté, elle exprimait l'avidité, la gloutonnerie et la joie de vivre. C'est sans doute pourquoi je ne l'aimais pas.

Maxime l'aimait. Elle était moche et boutonneuse, mais il la trouvait belle. Sans doute parce qu'elle lui rappelait sa petite enfance, quand il la regardait jouer dans ses effets de petite fille riche, de l'autre côté de la haie.

L'amour, ce n'est souvent rien d'autre qu'un souvenir qui repasse.

Une carpe. Elle était prise dans la glace et offrait son flanc au soleil qui tremblait dans une petite brume, au-dessus de la mare.

Elle étincelait tant, dans son corset d'écailles, que je décidai d'en avoir le cœur net.

Il faut toujours que je sauve les autres de la mort ou bien d'eux-mêmes. C'est pour ça que je suis dépassé par les événements. Il y a trop à faire. Je ne comprends pas ce que Dieu peut bien fabriquer de ses journées. Une fois, il oublie un malade. Une autre fois, un enfant. Là, un poisson.

Mes bottes entrèrent dans la glace, avec des craquements exquis. Vérification faite, la carpe était crevée.

Alors que je revenais vers le bord de la mare, la semelle de ma botte heurta quelque chose de dur dans le doux de la vase.

Je m'arrêtai, retroussai une manche et plongeai mon bras dans l'eau froide.

C'était la hache. Elle était ébréchée au milieu.

Je ne sais pas ce qui m'a pris. Je l'ai enfouie sous mon tricot, avant de la cacher dans le tas de fumier, devant l'étable des veaux.

Depuis, chaque fois que mes yeux tombent sur ce tas de fumier, je me mets à grelotter de l'intérieur. C'est pourquoi j'évite de passer devant.

Les oiseaux n'avaient plus rien à manger que de la neige. Ils faisaient peine à voir, sur leurs branches. On aurait dit qu'ils avaient décidé de se laisser mourir.

Les hommes sont des bêtes comme les autres : on passe toute sa vie à souffrir pour mourir. On n'est même pas récompensé à la fin. C'est pourquoi on a tellement besoin d'ivresses.

Si Dieu avait créé le monde, il n'y aurait pas toute cette souffrance sur la terre. Il ne pouvait quand même pas se tromper à ce point.

À moins qu'il soit parti. C'est ce que je me demande parfois quand, du haut de mon pigeonnier, je regarde le ciel. Il est tellement vide.

Il ne faut pas s'étonner, après, si le Christ tarde à renaître. Notre monde lui fait peur, forcément.

Parfois, je parle aux morts. Quand je suis en conversation avec eux, Maxime ou Mme Ducastel m'aboient dessus : « Arrête de causer tout seul, Jésus. C'est énervant, à la fin. »

Je ne les contredis pas. Je préfère qu'ils ne sachent pas. Ils ne comprendraient pas.

C'est avec maman que je bavarde le plus. Certains jours, quand elle n'est pas contente après moi, elle ne répond plus. Alors, je vais au cimetière et me recueille sur sa tombe après l'avoir fleurie. Après, tout s'arrange.

Maman a mauvais caractère. Même dans son ciel, elle est exigeante et susceptible.

C'est ce que les gens ne comprennent pas. Il faut s'occuper des morts autant que des vivants. Sinon, ils boudent tellement qu'on n'en entend plus parler. À force, ils finissent même par mourir à tout jamais.

Ce n'était pas le cas de maman. Elle était toujours de ce monde, à râler, depuis qu'elle avait filé dans l'autre.

Elle était si vivante en moi que j'en venais à oublier qu'elle était partie. Sauf le soir de Noël. Chaque fois, j'étais pris du même cafard noir. Je pensais à maman qui se saignait jusqu'à la dernière goutte pour m'offrir ses pauvres cadeaux. Elle me manquait. Il fallait que je la retrouve. Pour cette raison, le 24 décembre, j'allais toujours au cimetière lui souhaiter bonne fête.

Ce Noël-là, tout était gelé, même la neige qui crissait sous les pieds comme du gravier. J'escaladai le mur du cimetière et déboulai devant la tombe de maman. Elle était si blanche qu'elle éclairait la nuit.

Je déposai sur la pierre tombale une bûche au chocolat que j'avais achetée, en passant, à la boulangerie d'Hauville qui, le soir de Noël, fermait tard.

Je ne suis pas si bête. Je savais bien que c'était pour les pies et les corbeaux, la bûche de Noël. Mais j'ai toujours pensé que maman était dans une de ces bestioles qui tournaient au-dessus du cimetière ou qui rôdaient dedans. Je ne crois pas aux esprits purs. Ils sont comme nous. Il faut qu'ils s'habillent pour exister.

Quand on n'a rien sur soi, on n'est plus rien. C'est pourquoi tout le monde se met toujours quelque chose par-dessus. Même l'âme de maman ne se promenait pas toute nue. Je la voyais donc partout, au-dedans de tout.

Depuis plusieurs jours, je ne l'avais pas entendue. Elle m'en voulait. Je n'étais pas allé au cimetière depuis longtemps. C'était à cause de la neige.

Quand je lui ai demandé ce que je devais faire au sujet de la hache, elle n'a pas répondu. Je me suis bien concentré et je lui ai reposé la question. Toujours pas de réponse.

J'ai protesté en lui rappelant que j'étais venu lui rendre visite en pleine nuit, dans la neige, par un froid de canard, et que la moindre des corrections voulait qu'elle me donne au moins son bonjour. Sauf si elle était allée faire la fête ailleurs.

Alors, elle a répondu quelque chose que je n'ai pas compris. Souvent, maman parle embrouillé. C'est comme si elle avait plusieurs voix et qu'elles causaient toutes en même temps.

Je me concentrai davantage.

Au bout de quelques secondes, je finis par entendre :

« Fais ce que tu dois faire.

— Ça ne m'aide pas beaucoup, maman.

— Je te le répète. Fais ce que tu dois faire.

— Mais je n'ai jamais su ce que je devais faire. Tu es bien placée pour le savoir.

— Tu t'es toujours posé trop de questions, mon chéri. C'est ce qui t'a perdu.

— Je me serais posé plus de questions, je n'en serais pas là où j'en suis.

— C'est le contraire, figure-toi. »

Je me dis que si maman ne s'était pas posé de questions, ça ne lui avait pas mieux réussi et elle dut lire dans mes pensées, car elle laissa tomber, soudain :

« J'aurais préféré que tu ne sois pas né.

— Ce n'est pas très gentil.

— Si j'ai dit ça, c'est pour ton bien. Je t'aime.

— Mais si je n'étais pas né, tu n'aurais pas pu m'aimer.

— Si. Tu sais bien que j'aime tout le monde. Même les enfants que je n'ai pas eus. »

Après ça, je ne suis pas arrivé à reprendre contact. Maman n'a plus répondu à rien. Elle est repartie dans sa nuit.

Mais ça tombait bien. J'avais trop froid aux doigts et aux oreilles pour avoir envie de m'éterniser au cimetière.

C'est quand je rentrai dans le clos, que maman est revenue. Elle n'a rien dit. Mais je l'ai sentie en moi. Je suis devenu plus fort et plus heureux.

Tout le monde a besoin d'avoir sa mère avec soi. Surtout quand elle est morte.

Épiphanie avait une nouvelle raison pour ne plus quitter la maison. C'était son travail. Elle était couturière. Toute la journée, elle ourlait, reprisait ou rapiéçait pour les gens du coin.

C'est Mme Ducastel qui en avait eu l'idée. Un soir, alors que tout le monde se mettait à table, elle avait dit à Épiphanie :

« Tu ne vas quand même pas passer ta vie à rien faire.

— Je travaille.

— Mais tu gagnes rien. C'est pas ça, un travail.

— Je m'occupe des bêtes, je fais le ménage. Je n'arrête pas. N'est-ce pas, Maxime ? »

L'autre secoua la tête, avec un sourire pincé :

« Je crois que maman a raison. »

Épiphanie se pencha sur son assiette et dit :

« Mais qu'est-ce que vous voulez que je fasse ?

— Ce que tu sais faire. »

Le lendemain, Maxime déposa chez plusieurs commerçants du canton une annonce où il était écrit, au-dessus du numéro de téléphone de la ferme : « Couture. Travaux en tout genre. »

La clientèle arriva rapidement avec des sacs ou des cartons pleins de chemises à rapiécer, de manteaux à rapetasser, de broderies à reprendre et, surtout, de chaussettes à repriser.

Épiphanie s'installa, avec sa machine à coudre, dans une pièce du grenier, d'où elle ne sortait que pour s'occuper, au pas de course, des lapins et des poules. Elle était toujours débordée. C'était à cause des chaussettes.

Un jour que les deux autres étaient partis à Rouen, je montai la voir dans son grenier. J'avais un bon prétexte : une déchirure dans mon pantalon. Elle s'était produite à un endroit qui ne pouvait que déclencher des plaisanteries douteuses.

Pendant qu'elle recousait mon pantalon, je me perdis dans son visage. Sa beauté était grave, maintenant. La vie était passée dessus. Mais la tristesse lui allait bien. Elle me gagnait aussi car je suis influençable.

Soudain, je plongeai dans son ventre. Il n'arrêtait pas de pousser des gémissements. Je suis trop sensible. Je ne pouvais pas rester. Alors, je sautai dans son bras. Il était tiède et apaisant. Je m'y installai. Si j'avais été une poule, j'y aurais couvé un œuf. C'était l'endroit. Mais je n'étais pas une poule. Pas pour l'instant.

« Voilà, dit-elle soudain. C'est fini. »

Elle me tendit mon pantalon et je revins en moi-même comme j'étais parti.

C'est là qu'il s'est passé quelque chose. À cause de ses yeux sur moi. Ils en disaient plus qu'elle ne pourrait jamais en dire. J'ai compris que Dieu me l'avait envoyée et que l'histoire allait recommencer.

Il ne me restait plus qu'à lui faire un enfant. J'aimais trop Épiphanie pour pouvoir le faire moi-même. Je pensais que Dieu s'en chargerait, comme d'habitude.

La terre fondait. Elle n'était plus qu'un grand glouglou qui se dégobillait lui-même. C'est ce qui donnait mal au cœur. Même les arbres avaient la nausée.

Mais le grand solitaire avait l'air content quand, retrouvant sa souille, il se jeta dedans, les reins frémissants. Il s'embourba en soufflant de plaisir, comme un cochon qu'il était, avant de se rouler dans tous les sens. C'était sa façon de se purifier.

Il avait raison. Je crois qu'on ne se lave bien de tout qu'après avoir barboté dans le péché, le mensonge et l'excrément.

Je dormais moins souvent qu'avant dans mon fauteuil de la buanderie. C'est parce qu'il ne se passait plus rien sur le lit au-dessus. Maxime ne battait plus Épiphanie et, une fois qu'ils rentraient sous leurs draps, le sommeil les prenait et ne les lâchait plus. Leur silence me fatiguait. Il fallait que j'occupe ma tête.

Je pris donc l'habitude de dormir avec Épiphanie. Dès que je fermais les yeux, elle arrivait dans ma tête et je me retrouvais entre ses bras, ses jambes et ses genoux. Souvent, je la tenais si fort que je lui arrachais quelque chose. Parfois, un pied. Ou bien une épaule. Il m'arrivait aussi de la mordre jusqu'au sang. Mais elle ne disait jamais rien. Elle avait trop peur de me réveiller.

Le matin, quand j'ouvrais les yeux, elle était toujours partie. Je n'étais jamais rassuré. Je me souvenais que la nuit avait été agitée, et je me demandais si je n'avais pas exagéré. Mais je n'entendais jamais parler de rien. On aurait dit qu'elle était ma femme. Elle acceptait tout de moi.

C'était un bruit de cavalcade. Il venait du fond de la terre.

Les taupes ne s'aiment pas comme tout le monde. Elles ne se mélangent que dans le sang et la colère.

Ce jour-là, toutes les taupes du clos s'étaient lancées en même temps dans une grande chevauchée à travers leurs terriers. Elles ne savaient pas si elles se cherchaient pour copuler ou pour se dévorer. Mais ça n'avait pas d'importance. La vie déciderait pour elles.

Elle décide toujours pour tout le monde, la vie. Sauf pour moi. Je me dis souvent qu'elle m'a oublié. Sinon, il y a longtemps que je ne serais plus garçon de ferme.

VII

Le vent courait sans savoir où il allait. Les pommiers n'arrêtaient pas de se plaindre et les chiens, de gémir. C'est à cause de tout ce bruit que Mlle Avisse dut crier très fort quand, depuis la haie, elle l'appela :

« Maxime, ma voiture est en panne. Tu peux pas m'aider à la remettre en marche ? »

Maxime accourut dans le garage et monta dans la voiture avec Mlle Avisse.

La voiture démarra au quart de tour.

« C'est bizarre », dit Mlle Avisse.

Elle posa sa main sur le genou de Maxime.

« C'est bizarre », répéta-t-elle avec un petit sourire.

Elle approcha ses lèvres des siennes en roulant des yeux mourants.

Il se jeta sur elle. Quand il la laissa, elle était rouge et transpirante, comme les tomates qui ont pris trop de soleil. Sauf que rien ne permettait de dire que Maxime fût un soleil.

J'étais en train de réparer une clôture, au fond de la propriété, quand l'inspecteur Levreau arriva avec son sourire satisfait et son imperméable marron.

Après avoir salivé, il m'examina de haut en bas, puis murmura :

« Vous avez de belles bottes. »

C'est la première fois qu'on me disait ça. Il reprit, sur le même ton confidentiel :

« Je ne vous dérange pas ?

— Non, monsieur.

— Voulez-vous que nous marchions dans le clos et que nous parlions ? »

Il n'attendit pas ma réponse. Il prit mon bras et m'emmena avec lui.

« J'avais juste une petite question à vous poser, dit-il. L'autre jour, quand on a été dans la buanderie, on a vu deux gros clous sur le mur.

— Oui.

— Je suis sûr qu'ils servaient à mettre un outil et je me demande si ça n'était pas une hache. »

Je pris mon air le plus ahuri :

« Je ne vois pas.

— Une hache avec une entaille, ça ne vous dit rien ?

— Non.

— Une grosse entaille sur la lame.

— Je ne crois pas qu'on ait jamais eu ça, dis-je. Vous pensez qu'il y avait une hache comme ça dans la buanderie ?

— Je ne pense jamais rien. Je m'interroge.

— Et c'est avec cette hache qu'on aurait tué Mme Avisse ?

— On ne peut rien vous cacher. »

Je m'arrêtai et le regardai bien droit dans les yeux avant de demander à voix basse :

« Comment vous avez su qu'il y avait une entaille dessus ?

— C'est l'examen des blessures qui l'a révélé. Vous voyez, on a déjà notre petite idée sur l'arme du crime... »

Il avait eu un ton si méchant que je tremblai jusqu'au fond de mes os. C'était le genre de type à soupçonner tout le monde. Avec moi, il était bien tombé. Depuis que je suis né, je me sens coupable de tout.

Il aurait suffi d'un rien pour que j'avoue. Je suis comme la plupart des gens. J'ai commis de grandes fautes dans une autre vie et, depuis que je suis tombé sur terre, j'en attends le pardon. Mais il ne vient pas. C'est ça qui me tue.

Si je passe des heures à fouiller le ciel, à écouter le vent ou à épier la nuit, c'est parce que je cherche un signe. Il me rassurerait pour le restant de mes jours. Mais je crois que Dieu ne me fera jamais ce plaisir. Pour préparer mon rachat, je suis condamné à battre ma coulpe pour tous les péchés du monde. Même pour un oisillon crevé ou un escargot écrasé, j'ai envie de me jeter à la poubelle.

C'est pourquoi j'éprouvai l'épouvante du coupable devant son crime, quand l'inspecteur Levreau laissa tomber :

« L'assassin devait la haïr drôlement, Mme Avisse, pour s'acharner ainsi dessus. De toute ma carrière, je n'ai jamais vu une boucherie pareille. Quand vous pensez qu'on a recensé vingt-trois coups de hache…

— Vingt-trois, répétai-je.

— C'est incroyable. Pour moi, ce ne peut pas être un crime de rôdeur. Quand on tue quelqu'un comme ça, c'est parce qu'on a beaucoup de choses à lui reprocher.

— Sûrement.

— C'était une personne sympathique, Mme Avisse ?

— Ce n'est pas le mot.

— Elle avait beaucoup d'ennemis, je crois.

— Beaucoup. Et elle n'avait pas d'amis. Pas à ma connaissance.

— C'est ce que je me suis laissé dire. Elle vivait donc très seule ?

— Je crois.

— Qu'est-ce qui vous déplaisait chez elle ?

— Tout. Surtout son air méchant. C'est pour ça que je l'évitais. »

Il sourit, puis :

« Merci de votre franchise. Si jamais vous trouviez la hache, vous pourriez me téléphoner ? »

Il nota un numéro de téléphone sur un bout de papier qu'il fourra dans ma main avant de repartir très vite, comme s'il avait déjà perdu trop de temps avec moi.

Quand il eut fini de faire l'amour, le renard se sentit très malheureux. Chaque année, c'était la même chose. Après s'être mélangé à la femelle, il ne se retrouvait plus. C'était comme s'il était parti en transpiration. Il se cherchait longtemps dans les talus et sous les ronces. Il s'appelait lui-même. Mais il n'y avait que le silence qui lui répondait. Il lui fallait toujours un moment pour s'apercevoir qu'il était demeuré en elle. Alors, il s'en allait dormir auprès de la renarde.

Tels sont les effets de l'amour. Les renards sont comme tout le monde. Ils laissent un peu d'eux-mêmes partout. C'est pourquoi on meurt si seuls et si dépouillés, surtout quand on est amoureux.

Moi, je suis un cas particulier. Comme je suis dépourvu de tout, l'amour ne peut rien me prendre. Je n'en ai donc pas peur. Même quand j'ai passé ma journée à le distribuer, il m'en reste toujours. Ce qui est dommage, c'est que le monde se fiche pas mal de ce que je fais pour lui.

Sauf Épiphanie. Elle ne s'en fiche pas. Je le sais, parce que son regard me l'a dit plusieurs fois.

Un jour, M. l'abbé d'Hauteville arriva à la ferme sans s'être annoncé. Il dit à Mme Ducastel qu'il voulait voir Épiphanie. Elle le conduisit au grenier où sa belle-fille, courbée sur sa machine à coudre, ravaudait un grand manteau bleu.

« Vous pouvez nous laisser », dit l'abbé à Mme Ducastel.

Elle sortit.

Épiphanie s'était levée. Son visage, légèrement épaissi, était écrasé par le chagrin et l'insomnie. Elle avait les jambes enflées.

L'abbé prit peur et dit d'une voix brisée :

« Qu'est-ce qui vous arrive, ma fille ?

— Rien, monsieur l'Abbé. Rien.

— Mais vous vous êtes regardée ? »

Les lèvres d'Épiphanie se mirent à trembler comme des feuilles.

« Il y a quelque chose qui ne va pas, reprit l'abbé. Dites-le-moi. Je suis venu pour ça. »

Épiphanie se laissa tomber sur sa chaise et l'abbé prit un tabouret qu'il rapprocha avant de s'asseoir dessus. Il se pencha vers elle et murmura d'une voix douce de curé :

« Pourquoi ne vous voit-on plus à l'église ? Vous avez perdu la foi ?

— Non, je ne l'ai pas perdue. Je n'ai simplement plus la force de me montrer.

— Mais de quoi avez-vous peur ?

— De tout, monsieur l'Abbé. De ce qu'on dit sur moi.

— Ne me dites pas que ce sont les ragots qui vous mettent dans cet état.

— Non. C'est le Mal. Il y en a trop partout.

— Mais n'oubliez pas le Bien. Il y en a beaucoup aussi. Et vous ne pouvez pas dire qu'il ne soutient pas le choc. »

La voix d'Épiphanie s'affaiblit de plus en plus ; un filet qui se perdait dans l'air :

« Je n'en peux plus. Je préfère ne plus sortir.

— Vous n'allez pas vous laisser mourir.

— Je suis tellement malheureuse.

— Je n'ai jamais cru que vous aviez tué Mme Avisse.

— Moi, je sais qui c'est. »

Elle se mordit les lèvres.

« Je ne vous le dirai pas, reprit-elle, mais je sais qui c'est, je vous assure. »

Elle roulait de grands yeux, mais n'avait pas de regard. L'abbé posa sa main sur le bras d'Épiphanie.

« Il faut me parler, ma fille. »

Elle secoua la tête.

« Je suis venu vous voir parce que j'ai rêvé de vous, cette nuit. Il pleuvait, vos habits étaient mouillés, vous aviez les pieds crottés et vous frappiez à la porte en criant : « Au secours. » Mais, quand j'ai ouvert, vous aviez disparu. J'ai pensé que vous aviez besoin de moi. Je me trompais ?

— Non.

— Je veux vous aider, Épiphanie. »

Ses yeux se mouillèrent, mais elle ne pleura pas.

« Il n'y a plus rien à faire, dit-elle. Je suis descendue si bas que je ne pourrai jamais remonter.

— Détrompez-vous. Il faut toujours tomber pour arriver au ciel. Mon prédécesseur disait : "Dieu n'aime pas qu'on s'approche de lui. Quand on s'élève trop, il secoue les branches de l'arbre." C'est par l'humilité et le dévouement qu'on finit par le retrouver.

— Si c'était vrai, je l'aurais trouvé depuis longtemps. »

Elle baissa la tête, l'air soumis.

« Je vous l'ai déjà dit, reprit l'abbé. Le monde est trop dur pour vous. C'est tout votre problème. Et je vous comprends. À l'instant où je vous parle, il est en train de se commettre des crimes partout. Pendant qu'un retardé mental assassine un enfant, une poule s'acharne sur une grenouille, un poivrot bat une prostituée, une femme de ménage écrase une pauvre araignée et un chat dévore les boyaux d'un levraut qui gigote encore. Je vous passe le reste. C'est pourquoi on peut se demander si Dieu n'a pas baissé les bras, de dégoût, et décidé de laisser le monde se débrouiller tout seul.

— Je ne me le demande pas. Je le pense.

— Pensez à Dieu. C'est comme ça qu'on tient le coup.

— Mais je ne le sens plus, dit-elle. Quand je prie, maintenant, c'est comme si je m'adressais à un mort. »

Elle sourit faiblement, pour signifier qu'elle plaisantait, puis :

« Dieu a dû s'en aller. Il avait trop de travail ici-bas. Surtout ici, à la ferme. »

L'abbé retira sa main du bras d'Épiphanie et murmura sur un ton confidentiel :

« C'est votre mari que vous soupçonnez, pour le crime ? »

Elle sursauta. Si elle n'avait été assise, elle serait tombée comme une bête.

« Ne me tourmentez pas, dit-elle, je vous en supplie. J'ai déjà assez de peine comme ça. »

Il prit la main d'Épiphanie et posa un baiser dessus.

Je ne pourrais en dire plus sur la visite de l'abbé. J'étais accroupi sous un pommier, en train de me concentrer pour entendre la conversation, quand je fus surpris par la voix de Maxime derrière moi :

« Je savais que tu écoutais aux portes, Jésus. Tu écoutes la terre, maintenant ?

— Non, le vent. »

J'avais répondu ce qui m'avait traversé la tête. Je ne savais jamais ce que j'écoutais. Mais j'entendais tout.

La chatte faisait collection de musaraignes. Elle avait un tour pour leur casser le dos. Après, elle les laissait se démener, le cul bloqué, sur le trottoir en brique de la ferme.

Ce jour-là, elle avait ramené trois musaraignes. Elle s'amusait à les torturer en mordillant jusqu'au sang leur petit derrière humide et puant. De temps en temps, elle les lançait dans l'herbe, d'un coup de tête.

C'était drôle. Surtout qu'elles ne criaient pas. On aurait dit des peluches.

Je ne pouvais pas supporter ce spectacle. J'ai écrasé une par une les musaraignes sous mes bottes. Ça m'a soulagé la conscience. Sauf qu'après, elles n'étaient plus belles du tout.

Alors, la chatte a miaulé en me faisant des yeux tristes. J'ai compris que je l'avais déçue. La vie serait tellement plus belle si on pouvait faire plaisir à tout le monde en même temps.

Un matin, Maxime et Mlle Avisse partirent ensemble dans la forêt, le fusil à l'épaule. Je sus tout de suite où ils allaient et les retrouvai sans peine à la souille du gros noir.

Maxime était à l'affût, le doigt sur la détente. Il était très concentré ; deux rides profondes lui barraient le front.

Mlle Avisse était tout contre lui, pour le tenter.

« Je comprends pas, dit-il en la repoussant doucement. C'est bien toi qui voulais qu'on vienne le tuer... »

Elle coula sur lui un regard de veau mourant, puis murmura :

« On a tout notre temps. »

La grosse bouche de Mlle Avisse effleura l'oreille de Maxime où elle déposa un soupir.

Il ne put résister plus longtemps. Il posa son

arme et tomba dans les bras de Mlle Avisse pour se rouler avec elle dans la boue où dansaient plein de bulles vivantes.

La boue ne les dérangeait pas. Je me demande même si elle ne les aidait pas à mieux se mélanger. Plus ils étaient crottés, plus ils avaient l'air de s'aimer.

Ce matin-là, le grand solitaire ne se pointa pas. C'était sa boue. Il n'aurait sûrement pas supporté qu'on la souille comme ça.

En rentrant de la souille de Baptiste, je suis passé par chez les Papavoine. J'ai frappé plusieurs fois à la porte de la caravane. Personne n'a répondu. Je suis donc allé voir Cricri, à sa tombe, près de la mare.

J'ai essayé de lui parler mais je ne suis pas arrivé à me faire entendre. Elle était peut-être en train de jouer dans son ciel. J'ai remarqué depuis longtemps qu'on a du mal à causer avec les enfants morts. Ils ont la tête ailleurs. C'est dommage : comme ils ne grandissent pas, on ne peut jamais savoir ce qu'ils pensent.

Alors, je me suis parlé avec moi-même. Mais je n'avais rien à me dire.

C'était un agneau blanc comme le ciel. Il sentait la crème et la laine fraîche.

Le renard s'approchait de lui, doucement, la gueule au ras de l'herbe, tandis que l'agneau l'observait avec un regard de bébé ; un regard où dormait toute l'innocence du monde.

La brebis aperçut le renard. Elle se mit en branle pour le charger mais la renarde, elle aussi à l'affût, la prit au passage par le museau, avant de s'accrocher à sa patte avant.

L'agneau n'avait plus d'amour dans les yeux, mais rien que de la peur. Il bêlait de plus en plus faiblement tandis que le renard, qui avait planté ses crocs dans la viande chaude de son cou, le secouait frénétiquement.

Ça le rendit méchant, le renard, ce sang et cette tiédeur qui coulaient en lui. Un grognement sortit de sa gorge. On aurait dit qu'il avait trouvé un os et qu'il cherchait à le garder contre un ennemi invisible.

Cet ennemi, c'était la vie.

Il a suffi que l'agneau la perde pour que le renard se calme.

Il commençait à mâcher ce mélange rouge de chair et de laine quand la brebis, soudain, le renversa. Alors, il lui mordit l'oreille, qu'il finit par manger vivante avant d'accrocher sa gueule à son gigot.

Elle bêlait et haletait en même temps.

La renarde en profita pour lâcher prise et, laissant la brebis au renard, se jeta au cou de l'agneau, qu'elle déchira à pleins crocs. Elle procédait doucement, avec affection, comme si elle avait affaire à un ami, mais on voyait bien, à ses yeux, qu'elle était ivre ; ivre de sang.

La Bible dit : « Sans effusion de sang, il n'y a pas de rémission des péchés. » Mais le sacrifice d'un agneau n'a jamais été une défaite pour le Diable. Je ne peux pas le croire.

Je me contentai de laisser faire, pourtant. C'est l'attitude de Dieu. Il ne lèverait jamais le petit doigt. Pauvres de nous. Il y a longtemps qu'il a oublié de se sentir impliqué par ce qui se passe ici-bas.

Ou bien il est au bout du rouleau, ou bien il s'est installé en nous. Je crois de plus en plus qu'il est partout, Dieu. Même là où on ne l'attend pas. C'est aussi ce que pense M. Jacob.

Chaque fois que j'ai entre les mains de la chair morte et chaude, ça me remplit d'un mélange de plaisir et d'effroi. Ce jour-là, j'étais allé livrer un canard à M. Jacob, le « professeur », qui habitait une bicoque en brique, tout près de la forêt, au Traculet.

Quand j'arrivai, M. Jacob, pour une fois, ne faisait pas son Bouddha, mais sciait une branche morte de son prunier. Il descendit de son échelle et partit dans sa cuisine chercher une bouteille de cidre. Quand il eut rempli mon verre, il me demanda ce que je devenais. C'était la première fois depuis longtemps que quelqu'un me demandait de mes nouvelles.

« J'écris un livre », dis-je, après une hésitation.

M. Jacob roula des yeux étonnés puis demanda :

« Tu écris facilement ?

— Oui. Surtout que ce n'est pas moi qui écris. Je note ce qu'on me dicte.

— Qui est-ce qui te dicte ?

— Quelqu'un qui a beaucoup de choses à dire. »

Il sourit. Je repris :

« J'écris pour savoir ce que je pense. »

M. Jacob hocha la tête, pensivement :

« Mais tout a été dit. Depuis que l'homme est arrivé sur terre, il n'arrête pas d'écrire pour se demander d'où il vient et où il va. C'est pathétique, à la longue.

— Je me dis depuis quelque temps que Dieu n'est pas quelqu'un d'autre. Il est en nous et nous sommes en lui. »

Il écarquilla les yeux et murmura :
« Tu sais que c'est aussi ce que pense Spinoza.
— Qui c'est ?
— Un pauvre philosophe, comme toi et moi. Il a découvert que nous sommes tous l'expression de Dieu.
— Je suis d'accord avec lui.
— Il sera content de l'apprendre. »
M. Jacob se moquait de moi mais je fis celui qui n'avait rien remarqué.
« Je ne comprends pas pourquoi les gens s'adressent à Dieu, dit-il. Ils feraient mieux de s'adresser à eux-mêmes.
— Quand je pense à toutes ces prières qui se perdent dans le ciel, ça me fend le cœur.
— La Nature, y a que ça de vrai. C'est pour ça que j'ai quitté la ville. Je veux mourir ici, dans mon jardin. Je suis un mystique de la Nature.
— Moi aussi. Même que ça me donne des frissons.
— C'est le problème quand on est mystique. C'est pas bon pour le cœur. »
M. Jacob fronça les sourcils, pour indiquer qu'il se concentrait :
« "La Nature procède selon une nécessité éternelle et une souveraine perfection." C'est ce qu'il a dit, Spinoza. »

Il se leva soudain et partit chercher un livre dans son salon.

« Je te le prête, dit-il. Mais tu me le rendras. C'est tout ce qu'il faut savoir sur tout. »

C'était *L'Éthique* de M. Spinoza.

Depuis, je passe des heures avec M. Spinoza, dans mon lit ou dans le pigeonnier. Je ne comprends rien de ce qui est écrit dans *L'Éthique* mais, quand je le lis, ça me fait toujours du bien. C'est sûrement qu'il a raison.

Pour connaître l'avenir, il n'y a pas à tortiller, il suffit de se retourner et de regarder en arrière. C'est déjà du passé. Il faut accepter la tyrannie du passé. Après, on est tranquille. Quand on sait que tout passe, rien ni personne ne peut plus prendre le petit bout de bonheur qui est en vous.

C'est pourquoi je suis toujours content, même quand j'apprends une mauvaise nouvelle, comme l'arrestation des Papavoine.

Ce jour-là, j'étais allé acheter mon vin à Routot et me trouvais à l'épicerie, en train de remplir mon casier à bouteilles, quand j'entendis Mme Lampron dire à une cliente :

« Je n'aurais jamais imaginé ça. Ils étaient incapables de faire du mal à personne.

— Moi, j'y crois pas, à cette histoire. C'est du bidon.

— On leur aurait donné le bon Dieu sans confession.

— Évidemment que c'est pas eux. C'est la noiraude qui a fait le coup. »

Je levai les yeux et croisai le regard de Mme Lampron qui demanda, l'air mi-étonné, mi-inquiet :

« La noiraude ?

— Oui, la souillon au petit Ducastel. Celle qui est tombée dans son café au lait et qui a des cheveux comme des bigoudis. Je ne comprends pas la police. Il suffit de la voir pour savoir.

— Vous vous trompez, susurra Mme Lampron, craignant que je fasse un scandale. C'est une fille très bien.

— Y a quelque chose sur lequel je ne me trompe jamais. C'est les femmes. Celle-là n'est pas nette, je vous jure.

— Mais puisque la police a arrêté les frères Papavoine...

— Ça ne me fera pas changer d'avis. »

Mon cœur se mit à battre très fort, comme s'il voulait partir.

Chaque année, un petit vent tiède déboule subitement de l'autre bout du monde. Il effleure les cimes de la forêt, s'insinue dans le dessous des haies et se faufile dans le moelleux des champs.

C'est un frémissement qui parcourt le ciel et la terre. Il réveille le monde. Il soulève des odeurs. Il fait danser l'air. Il apporte la vie.

Le printemps arrive toujours comme ça : d'un seul coup, sans prévenir.

C'était le jour.

Tout ressuscitait, soudain, sous les bourgeons craquants : les hérissons, les crapauds, les herbes, les blaireaux, les coccinelles, les ronces, les scarabées, les mulots ou les escargots.

Les oiseaux ne s'étaient pas endormis, eux. Mais maintenant, ils étaient plus vivants qu'auparavant.

VIII

Souvent, j'écoute mon sang. Il est comme le ciel ou la terre. Il me raconte des histoires.

J'étais dans mon pigeonnier, en train de l'écouter, quand M. Chevillard arriva. À peine sorti de sa grosse voiture, il se mit à hurler devant la grande maison :

« Je l'ai eu, ce cochon de Baptiste. »

Je descendis mais, quand j'arrivai à la porte de la grande maison, elle était fermée. Je n'avais pas le droit de frapper pour entrer. Mme Ducastel n'aimait pas. Elle disait toujours : « Toi, tu viens quand on te demande. T'es qu'un domestique. Tu t'invites pas. »

Je ne m'invitais jamais chez les Ducastel. Ni ailleurs. J'avais une trop haute idée de moi-même. Sans doute parce que je suis garçon de ferme. Ce jour-là, je me contentai donc d'écouter la conversation depuis le clos.

M. Chevillard parlait comme un torrent. Mais

ses paroles ne vous emportaient jamais ; elles vous noyaient.

« Quand il s'est présenté, il était de trois quarts. J'ai visé entre la tête et l'épaule, comme je fais toujours, mais je crois bien que je l'ai raté. Après le premier coup de feu, il a commis la bêtise. Il a fait demi-tour. Quand j'ai vu son cul, ça a été plus fort que moi, je lui ai envoyé une balle en plein dedans.

— Alors, t'as eu que le cuissot, dit Maxime.

— C'est déjà mieux que rien.

— Mais quand on a le cuissot, on a rien. C'est connu.

— T'aurais dû voir le bond qu'il a fait. Je l'ai même entendu grogner.

— Si ça se trouve, tu l'as même pas blessé.

— Puisque je te dis qu'il est blessé... J'ai vu du sang — le sien. Après, je l'ai cherché pendant des heures. Trois heures au moins, je plaisante pas. Mais j'ai pas eu le réflexe. Je le regretterai toute ma vie. J'aurais dû aller voir tout de suite à la souille. Parce qu'il y est passé, figure-toi. Je suis arrivé après lui. Y avait du sang dedans. Je sais pas ce qu'il était allé y faire. Parfois, c'est bizarre, les bêtes.

— Peut-être que ça l'a calmé, d'aller à la souille.

— En tout cas, avec ce que je lui ai mis, il sera plus facile à tirer la prochaine fois. Vous allez voir, il va arrêter de faire le malin, notre gros noir. »

La voix de Mme Ducastel entra dans la conversation :

« J'espère. Il y a trop longtemps qu'il se moque de vous. »

Depuis plusieurs jours, la mare luisait comme jamais. C'était à cause de la vie et de l'amour qui étaient en elle. Ils ruisselaient de partout. Ils l'illuminaient du dedans.

Les crapauds et les grenouilles rousses copulaient autant qu'ils pouvaient. Les mâles prenaient les femelles par-derrière en agrippant les aisselles et les serraient très fort en remuant doucement par-dessus.

Je suis sûr que le Paradis est comme ça : quelque chose de tiède et d'humide où tout le monde s'aime tout le temps. Mais ce doit être lassant, à la longue. L'éternité, c'est toujours trop long. Même pour s'aimer.

Ce matin-là, j'étais allé à vélomoteur au Val-de-Reuil, devant la maison d'arrêt où étaient enfermés les frères Papavoine. Je ne pus communiquer avec eux, ni même les entendre. Peut-être à cause des grands murs de l'enceinte. Sûrement aussi à cause de leur chagrin. Il verrouille toujours les gens en eux ; on ne peut même pas rentrer dedans. C'est une autre prison, le malheur. Sauf que la clef est à l'intérieur.

Après avoir erré autour de la maison d'arrêt, j'achetai une bouteille de rouge dans une supérette et le bus au bord de la Seine en regardant l'eau couler. Au-dessus, les boucles de brume se déroulaient lentement, comme des ronds de fumée de cigarette. Elles ne s'envolaient pas. Elles s'accrochaient à la surface du fleuve. Elles avaient bien raison. Le ciel qui les appelait allait bientôt les décimer. Il était bleu et gai, comme l'au-delà.

Un jour, il faudra chanter l'excrément.

C'est du rebut de vie, l'excrément, mais c'est aussi du germe de vie. Qu'importe s'il la prend pour la souiller ; il la redonne toujours après.

La nature recycle tout, la vie comme la mort. Elle ne fait pas la différence. Il suffit parfois d'une bouse dans un clos pour qu'enfin un monde renaisse. C'est pourquoi on aime tant le fumier, à la campagne. Tout ressuscite en lui.

Je comprends le bousier. Il vit dans la crotte et s'en délecte. Son mauvais goût supposé ne l'empêche pas d'être beau et bleu. Chaque fois que j'observe cet insecte, il a l'air de planer. Mais c'est normal. Moi-même, quand je vide l'étable de son fumier, l'odeur me grise, je vous l'ai déjà dit.

Ce jour-là, j'étais précisément grisé par l'odeur de bouse, alors que je regardais l'insecte fabriquer sa boulette d'excrément. Quand elle fut achevée, il entreprit de la pousser à reculons jusqu'à son terrier. Il la rangerait ensuite dans la chambre de ponte où, quand le temps serait venu, la femelle déposerait son œuf. Car le bousier a toutes les audaces. Il ose naître dans la crotte pour s'en repaître après.

Chemin faisant, le bousier glissa sur une tige d'herbe morte et se retrouva les pattes en l'air. Je le redressai avec mon bâton. Maintenant que M. Spinoza m'a appris Dieu, je sais qu'il faut tout faire à sa place. On ne peut pas compter sur lui. On doit aussi s'en méfier. C'est logique. Il est nous-mêmes.

Après, j'allai au fond du clos chercher ma vache. C'était une bête de réforme : elle n'avait pas eu son veau l'an dernier. M. Quesney, le marchand de bestiaux, devait en prendre livraison, le lendemain, pour la conduire à l'abattoir de Sotteville-lès-Rouen.

Avec mon bâton, je devais l'amener au petit enclos près de la grande maison, d'où il serait plus facile de l'extraire, pour la faire entrer dans la bétaillère. Les bêtes n'aiment pas partir. Elles ont raison. Partir, pour elles, c'est mourir. Presque toujours.

J'avais le cœur serré, car je l'aimais bien, cette vache. Mais je savais qu'elle se fichait pas mal de mes sentiments pour elle. Elle se fichait d'ailleurs de tout. Sauf de partir.

Les vaches sont comme moi. Elles laissent le destin venir à elles et ne viennent jamais à lui. Elles ont raison. Il vaut mieux pas.

Je m'approchais de ma vache quand j'entendis, soudain, des clameurs de l'autre monde ; des cris comme ceux que pousse la forêt, certaines nuits de tempête, quand tous les troncs se mettent à hurler ensemble.

Les clameurs provenaient de la grange, derrière la haie, dans la propriété de Mlle Avisse. J'y courus.

C'était le bruit d'un crime. Mais ça n'était pas un crime. C'était juste le bruit du plaisir. J'en eus la confirmation quand, en posant mon œil sur un trou de la porte, je vis ce qui se passait à l'intérieur. Maxime et Mlle Avisse étaient debout et se tortillaient l'un contre l'autre.

Il dormait comme une pierre quand un bruit d'apocalypse le tira de son sommeil. C'était un boutoir. Le mulot n'eut même pas le temps d'avoir peur. Il fut tout de suite mâché vivant.

Quand elle eut avalé le mulot, la laie arracha un petit pin à coups de crochets, puis un bébé chêne, et encore un autre, avant de repartir en courant comme une voleuse au chaudron où elle les déposa.

Elle cavala toute la journée pour rapporter des herbes et des branches au chaudron, jusqu'à ce que le moment, enfin, arrive.

Alors, elle chavira de tout son long dans le chaudron et attendit que sorte d'elle-même ce qui y palpitait.

C'était de la vie. Dès que ça jaillissait de son ventre, ça frétillait et ça se trémoussait avant d'aller téter.

À la fin, ils étaient cinq marcassins à froufrouter ainsi sur les mamelons de la laie. C'étaient les petits du gros noir.

Épiphanie me faisait peur. Son regard devenait de plus en plus fixe et elle avait presque toujours l'expression torturée du cochon sous le couteau. Ses épaules fuyaient et, en plus, elle traînait les pieds, comme une vieille.

Un jour que je disais à Maxime que l'état d'Épiphanie imposait une consultation médicale, il s'esclaffa :

« Elle n'a rien, voyons.

— Elle va très mal.

— Mais non. C'est juste une petite dépression de rien. On a tous connu ça, va. Ça lui passera avant que ça me reprenne.

— Elle est en train de s'enfoncer.

— Occupe-toi de ce qui te regarde, Jésus. Je crois que t'as assez à faire. Si tu manques de travail, je vais t'en donner, mon gars. »

Il m'ordonna de nettoyer les talus.

La mouche bleue virevoltait autour de son assiette quand la main de Didi l'attrapa. Il la croqua avec un sourire.

« Comme Cricri », dit-il.

Roro hocha la tête, puis :

« Elle mangeait les mouches, mais c'est les sauterelles qu'elle préférait, Cricri.

— C'est meilleur que les coccinelles. »

Didi fit une grimace de dégoût.

« C'est surtout meilleur que la bouffe d'ici », dit-il.

Il regarda son assiette.

« J'aime pas leurs saucisses, reprit-il. Vaut mieux pas savoir ce qu'il y a dedans.

— Peut-être des coccinelles. Ou des limaces. Y a le même arrière-goût.

— T'as remarqué aussi ? Y a de l'amer dedans. »

Toute la cuisine de la maison d'arrêt avait la même saveur amère. Même les yaourts. C'était l'odeur de la prison. Elle imprégnait tout.

Elle me prit à la gorge, cette odeur, quand j'entrai dans l'enceinte de la prison. J'étais venu voir les frères Papavoine. Comme j'étais arrivé très en avance, je dus patienter une heure dans la salle d'attente avant d'être conduit au parloir.

Quand je vis Didi et Roro, je sus tout de suite qu'ils étaient innocents : au-dedans d'eux, il n'y avait que de la peur et du désarroi.

C'était tout ce que je voulais savoir.

J'aurais été surpris qu'ils fussent coupables. Mais j'avais voulu en avoir le cœur net.

Maintenant, mon cœur était fendu et mes yeux étaient remplis de larmes. Les deux frères me regardèrent avec cet air apitoyé que l'on réserve, d'ordinaire, à l'idiot du village.

Souvent, le vent tiède revenait. Il fouillait la forêt, s'enroulait au pied des arbres et ondulait sur leurs cimes.

Alors, la forêt frémissait de plaisir et haletait doucement.

C'était le temps des amours.

Tous les ennemis mortels de la création se retrouvaient dans la même communion, les tritons, les rats, les oiseaux, les éperviers, les lièvres, les belettes, les escargots, les carpes et tous les autres. En marchant dans la campagne, j'avais le sentiment, parfois, que la terre entière se donnait du bon temps.

Maxime et Mlle Avisse n'avaient pas besoin du vent pour se mettre en train. Ils faisaient tout le temps l'amour. Matin, midi et soir. Ça devenait effrayant, à la fin.

Je les observais de temps en temps, dans la grange ou dans le garage, leurs deux lieux de rendez-vous préférés. Ils étaient toujours si enchevêtrés que je me demandais comment ils pouvaient se détacher. On aurait dit deux gouffres vivants qui se précipitaient ensemble dans le dedans de la terre.

La lune était pleine et la nuit, laiteuse. Sous le clignotement des étoiles, la forêt frissonnait. C'était à cause du silence ; un lourd silence qui répandait partout son angoisse, jusque dans le noir des taillis.

Un oiseau piaula, puis une brise traînante apporta un bruit de craquement, pas loin. Un autre suivit. Une forme vivante apparut soudain, sur le chemin moussu. Elle avait une tête de vieillard avec un rire figé et une expression hargneuse.

C'était Baptiste.

Il boitait.

Le grand solitaire approcha son boutoir de l'eau putride, but quelques lampées dans la mare, avant de repartir en se dandinant dans les ténèbres.

Il n'était plus flambard. Ses sabots traînaient et, parfois, butaient contre les mottes. C'est cette nuit-là que j'ai commencé à me sentir las et malade.

Un jour que j'étais en train de brûler du bois mort à l'entrée du clos, j'entendis une voix qui disait dans mon dos :

« Mais c'est le plus beau, celui qui marche sur l'eau... »

Je me retournai. Mlle Avisse me toisait avec un gros sourire plein de rouge à lèvres.

« Nous n'avons jamais fait connaissance, Jésus.

— C'est vrai, madame.

— Tu peux m'appeler Astrid.

— Oui, madame Astrid.

— Non. Astrid tout court. »

Elle avait une voix de petite fille qui collait parfaitement avec ses taches de rousseur et sa robe à fleurs, mais ne correspondait pas à l'épaisseur de son visage et de ses pensées.

« Tu permets que je te regarde travailler ? » demanda-t-elle.

Je hochai la tête. Je ne pouvais rien faire d'autre.

Astrid s'assit sur un tronc mort et resta longtemps immobile en respirant très fort. De temps en temps, je lui jetais un regard en biais et elle souriait.

« Tu as de la chance de vivre ici, finit-elle par dire.

— Ça dépend des jours.

— C'est sûrement mieux que la ville.

— Sûrement.

— Depuis qu'on a sorti l'homme de la campagne, regarde ce qu'il est devenu. »

J'opinai d'un air accablé. Elle reprit :

« Un enfant de pute, voilà ce que l'homme est devenu.

— Je ne sais pas, dis-je. Je ne suis jamais allé dans une grande ville.

— Même pas à Rouen ?

— Même pas.

— Tu veux que je t'emmène un jour ?

— Non, merci. Y a trop de voitures et y a trop

de gens, dans les grandes villes. Ça serait dangereux pour moi. Je n'ai pas l'habitude. »

Elle haussa les épaules.

« Bon, dit-elle. Mais sache que je suis à ta disposition.

— Merci. »

Elle se leva et s'approcha en me faisant les yeux doux. Malgré tout le mal qu'elle se donnait, ils n'étaient même pas attirants. Elle avait trop de paupières.

« J'ai envie de te faire plaisir, Jésus. Tu comprends ce que je veux dire ? »

Je jetai plusieurs branches dans le feu, pour n'avoir pas à répondre.

« Je sais que tu es un type bien, poursuivit-elle. Maxime m'a dit qu'on pouvait te faire confiance.

— J'essaie toujours de servir mes maîtres le mieux que je peux.

— Justement. Maxime a accepté de te prêter de temps en temps. J'ai besoin d'un homme de peine. Je suis sûre que tu feras l'affaire.

— Je pense. Je suis corvéable à merci, vous savez.

— Rassure-toi. Je n'abuserai pas. »

J'étais pris d'un enchantement morbide à l'idée de me mettre à son service. Je l'abominais autant que sa mère mais il est excitant d'avoir à remplir les volontés de quelqu'un qui vous répugne.

Rien ne me ramènera plus au monde d'avant M. Spinoza. Souvent, je deviens un arbre. C'est quand je bascule de l'autre côté du monde. Je plante mes racines dans la terre et me cabre contre le vent. Mais c'est vite lassant.

Alors, je deviens autre chose. Parfois, une hirondelle. Ou bien un chien errant. Il arrive aussi que je me transforme en champ. C'est très agréable. J'ai le ciel en face de moi et je me perds dedans. Je suis très heureux ainsi. Sauf que je ressens toujours les blessures laissées par la charrue qui m'a labouré les chairs.

Ce que je préférais devenir, à l'époque, c'était le gros noir. Il était démoralisé depuis que M. Chevillard l'avait blessé. Mais, quand j'habitais au-dedans de lui, j'étais le seigneur de la forêt. Je voyais tout, je sentais tout, je comprenais tout. Il était à l'animal ce que j'étais à l'homme.

Épiphanie n'était plus qu'une ombre toussotante qui rasait les murs de la grande maison. Pour Mlle Avisse, c'était encore trop. Elle avait fait jurer à Maxime de ne plus lui adresser la parole.

Un jour que je débouchais ses toilettes, au rez-de-chaussée du château, et qu'elle me regardait faire, comme sa mère en avait l'habitude, Mlle Avisse m'avait dit :

« Je ne peux oublier que ma mère a été sauvagement assassinée. Tant qu'il restera un doute, je ne pardonnerai pas à cette fille. Il faudra qu'elle paye, d'une manière ou d'une autre. »

Il fallait la comprendre, Mlle Avisse. On n'excuse jamais les gens pour les fautes qu'ils n'ont pas commises. Surtout quand ils sont trop faibles pour se défendre.

Je relis ces pages et je me dis que je n'ai pas assez parlé de mon amour pour Épiphanie. Je n'aurais jamais eu l'idée de me regarder dans une glace avant qu'elle vienne à la ferme. Il m'arrivait désormais de me trouver beau. C'était quand j'avais trop bu. Ou quand j'avais croisé ses yeux. Car le vin et son regard me procuraient la même ivresse.

Épiphanie allumait quelque chose au-dedans de moi qui éclairait mes nuits, même quand elles étaient affreuses et que je me trouvais pris dans un bouillonnement de souvenirs. Parfois, je passais des journées entières à lui parler. Mais c'était juste dans ma tête, comme avec maman.

Je savais qu'un jour elle m'entendrait. Déjà, elle avait l'air de fuir tous les regards, sauf le mien. Souvent, je me disais que mon heure était arrivée. Mais les semaines passaient et rien ne changeait, comme toujours à la campagne.

Maintenant que Maxime était toujours parti à faire l'amour avec Mlle Avisse, Mme Ducastel avait pris son fils en haine. Elle ne pouvait pas la garder pour elle, cette haine. Il fallait qu'elle la passe sur quelqu'un. Un jour, c'était moi ; un autre, les chiens.

Un matin, ce fut Épiphanie. Mme Ducastel s'époumona dans le grenier :

« Mais qu'est-ce que vous avez à traîner comme ça, espèce de feignasse ? Vous n'avez pas honte de passer votre temps à rien faire ? Vous ne voyez pas toute la couture que vous avez en retard ? Non mais, franchement...

— Je suis fatiguée, dit Épiphanie d'une petite voix faible.

— Fatiguée ? Vous avez que ce mot à la bouche. Mais vous êtes même pas malade.

— J'ai mal partout.

— C'est pas une preuve. »

Il y eut un silence qui dura quelques secondes, puis Mme Ducastel reprit en criant :

« Vous êtes bonne à rien, voilà la vérité. Vous êtes même pas arrivée à garder mon fils. »

Mme Ducastel fondit en larmes. Épiphanie aussi. Quelques secondes passèrent et elles se retrouvèrent à pleurer dans les bras l'une de l'autre.

Elle avait couvé de l'œil ses œufs pendant près de quatre semaines. Depuis leur éclosion, la forficule passait ses journées à surveiller les larves blanches qui se tortillaient de bonheur dans le pourri de l'arbre. C'était une bonne mère perce-oreille. Elle serait morte pour ses bébés.

Alors que je repartais, j'aperçus un merle qui voletait vers la blessure de l'arbre où gigotaient la forficule et ses petits. Je revins sur mes pas pour le chasser et posai un morceau d'écorce sur la plaie.

Il ne fallait pas qu'ils meurent. C'était mes enfants.

Si j'ai bien compris M. Spinoza, je suis l'enfant de tout le monde et tout le monde est mes enfants.

Maxime et Mlle Avisse n'arrêtaient pas de s'accoupler. Le jour où je ferai l'amour, moi, je sais que je serai doux comme un escargot. Je ne comprends pas pourquoi il faudrait faire du mal à l'autre sous prétexte que ça lui fait du bien.

Ils se prenaient par terre, debout, sur une brouette, contre un arbre, à quatre pattes, dans la voiture, sur un escalier, à genoux, dans la baignoire, sur la paille et Dieu sait comment encore. Ils revenaient de leurs séances avec des airs bizarres, comme s'ils s'étaient battus. Il arrivait même que Mlle Avisse récoltât un œil au beurre noir.

Un jour que j'étais en train d'arroser son allée de désherbant, je la vis arriver vers moi, rouge et pantelante, avec un bleu sur le bras.

Maxime venait de passer.

« Tu te plais bien chez moi ? dit-elle.

— Vous avez un beau jardin.

— Maman aimait les fleurs. Moi aussi. Ce sera très beau, cet été. »

Elle s'approcha, la bouche avide. Mon instinct me dit de reculer mais je savais qu'elle l'aurait mal pris.

Elle me montra le poulailler en vieilles pierres, à côté du garage :

« C'est moche comme tout et ça ne sert à rien. Je voudrais que tu me détruises ce truc-là. C'est un travail de titan, y en a pour plusieurs semaines, mais je suis sûre que cela ne te fera pas peur, Jésus.

— Je ferai comme vous voudrez.

— J'aime qu'on me parle comme ça. »

Elle posa sa main sur mon épaule, avec une certaine condescendance, comme on le fait pour les hommes de peine ou les bêtes de somme. Je connais mon rang, mais je n'aime pas qu'on me le rappelle.

« Tu es un brave gars », dit-elle.

Mon sang se gonfla de haine.

Il avait un cadeau pour elle. C'était quelque chose qu'elle aimait. Quand elle le sentit sous son paquet de fils de soie, ses deux petits yeux luisants étincelèrent.

Elle commençait à ouvrir le paquet, avec une avidité d'enfant, quand il s'approcha d'elle, par-derrière.

Il la prit. On ne se méfie jamais assez des cadeaux, surtout de ceux des mâles. Elle se tordit quand il entra en elle, mais ne chercha pas à se dégager. Elle avait trop à faire avec le dedans du paquet. C'était une grosse mouche. Elle se mit à la croquer en commençant par le feuilleté du corselet.

L'araignée avait de grandes pattes comme des cerceaux qui dansaient pendant qu'elle mangeait tout en se faisant pénétrer. C'était une admirable.

Le mâle admirable n'était pas à l'aise, pendant qu'il la fouissait. Il avait un mauvais pressentiment. Il avait raison. Il fallait qu'il se retire avant que la femelle ait fini de boulotter son cadeau. Sinon, il se ferait dévorer lui aussi.

Tels sont les effets de l'amour. À la fin, il y en a presque toujours un des deux qui se fait manger. C'est pourquoi il vaut mieux partir avant.

Quand l'admirable se fut enfui pour échapper aux crocs de la femelle satisfaite, je lançai mes yeux ailleurs, dans la forêt. Ils tombèrent tout de suite sur un regard, au fond d'un fourré de genêts.

C'était le gros noir. Il me fixait sans bouger, de ses petits yeux gourds. Il avait l'air épuisé. On aurait dit qu'il revenait d'un grand voyage, comme les vieillards sur la fin.

Il m'avait beaucoup donné ; je lui avais trop pris. C'est pourquoi je me sentais si coupable, en le regardant.

Maxime ne dormait plus à la grande maison. Il avait élu domicile avec sa brosse à dents au château de Mlle Avisse. Il ne couchait pas dans le même lit qu'elle, mais dans une ancienne chambre de domestique, au dernier étage, où elle allait le prendre à toute heure de la nuit, quand ça lui chantait.

Elle l'avait sous la main. C'est pourquoi elle avait tout le temps les joues rouges, maintenant.

Ils avaient trouvé un nouveau jeu. Quand ils ne faisaient pas l'amour, ils tiraient sur tout ce qui bougeait. Pour les pies et les corbeaux, je ne dirai rien. Je les hais. Ce sont des dépeceurs de lapereaux vivants, qui mangent sans tuer. Mais Maxime et Mlle Avisse tuaient aussi les merles, les hirondelles, les garennes ou les renards ; une boucherie, du matin au soir.

Toujours suivis d'un bâtard jaune, ils liquidaient tout ce qui, en dehors des bêtes de la ferme, avait le malheur de respirer. Ils passaient des heures devant les haies ou les ronciers, à épier un glissement sur une motte ou un frôlement de feuille morte. Le soir, quand ils rentraient, leurs bottes étaient pleines de sang. « C'est épatant », disait Mlle Avisse avec une gaieté atroce.

De temps en temps, Mme Ducastel leur faisait la leçon.

« On va avoir des ennuis, leur dit-elle un jour. La chasse est terminée.

— T'occupe pas, répondit Maxime. On est chez nous.

— C'est plus la saison, je te dis.

— Vous devriez être contente, ajouta Mlle Avisse. On est en train de tout nettoyer. »

C'était vrai. La nuit, quand les bovins se couchaient dans l'herbe pour dormir, presque plus rien ne battait ni ne tressaillait dans la brise. L'air ne vivait plus ; le clos se mourait.

Pour me remonter le moral, je passais de plus en plus de temps dans la forêt. Elle charriait toujours autant d'amour. Il coulait de partout, par ruisseaux. Elle en devenait gluante, à la longue.

Les papillons froufroutaient à toute allure entre les hêtres pour chercher les femelles, cachées sous les feuilles. Pour une dame, les cerfs-volants, la gueule encore humide de la sève qu'ils avaient léchée sur les arbres, se livraient des combats sans fin, à coups de mandibules, jusqu'à ce que le vaincu soit laissé pour mort, sur le dos. Les salamandres se tortillaient dans les fourrés, hallucinées de plaisir. Les limaces s'embrassaient comme des lèvres.

Ce n'était déjà plus de l'amour ; c'était de la vie qui poussait.

Partout, la terre se soulevait comme un corps, en riant ou en soupirant. Parfois, en haletant. Je buvais ses bruits. Ils me donnaient de la force.

Chaque fois que je rentrais de la forêt, je me sentais mieux à même d'affronter le monde.

Un jour, Épiphanie a pris le lit et l'a gardé. De temps en temps, elle se levait pour travailler à sa couture, dans le grenier. La nuit, surtout. Au dernier étage, la lumière était encore allumée, parfois, à trois ou quatre heures du matin.

Elle n'avait plus d'heure, ni d'envie. Pour elle, il faisait tout le temps nuit. C'est pour ça qu'elle n'arrêtait pas de dormir, même quand elle travaillait.

Je passais de plus en plus souvent mes nuits dans le fauteuil de la buanderie et au-dedans d'elle, malgré le plafond qui nous séparait. Je n'entendais plus rien en elle, ni soupir ni rien, mais je savais qu'elle allait très mal. Tout était trop calme dans sa tête, comme si le jour ne devait plus jamais se lever en elle.

J'avais si peur que je pris l'habitude d'emporter mon dodo avec moi. C'est un morceau de tissu que je serrais contre moi avant de m'endormir, quand j'étais petit. Il me détend et me rassure. Il n'y a qu'un problème. Quand je m'accroche à lui pour attraper le sommeil, il faut toujours que je suce mon pouce. « Tu fais de la régression », m'a dit, un jour, Mme Ducastel après avoir remarqué que mon pouce était rouge, comme celui des bébés quand ils le sucent trop.

J'étais en train de relever mes pièges à taupes dans le clos lorsque j'aperçus une poule d'eau qui zigzaguait sur la mare. Il y a longtemps qu'il n'en était pas venu, des poules d'eau. Celles qui commettaient l'erreur de s'établir au Pied-de-Loup, ça ne leur portait pas bonheur. Les renards qui pullulaient dans le coin leur réglaient vite leur compte et elles couraient désormais un nouveau risque en la personne de Mlle Avisse.

Alors que je m'approchais, la poule d'eau plongea et disparut dans la mare. Il fallait considérer qu'elle était morte. Sauf que son petit bec rouge restait hors de l'eau. C'était comme une fleur qui trônait au milieu des joncs.

Je contemplais cette fleur au moment où Maxime arriva, d'un pas décidé, à la grande maison. Il avait son air des mauvais jours ; un air qu'il ne réservait qu'à nous, jamais à Mlle Avisse.

Quelques jours auparavant, Mme Ducastel avait gagné au loto. Une gentille somme ; de quoi s'acheter une voiture. Depuis, Maxime n'arrêtait pas de réclamer l'argent. Sa mère disait qu'elle ne le lui donnerait qu'en échange de son retour à la grande maison.

« J'ai réfléchi toute la nuit, dit Maxime. Tu ne peux pas me faire ça, maman.

— Je le fais pour ton bien. »

Maxime haussa le ton :

« C'est moi qui t'ai donné les chiffres.

— C'est pas vrai.

— C'est toujours moi qui t'ai donné les chiffres. Toujours. Cet argent me revient. »

Sa voix tremblait de colère. Mme Ducastel répondit doucement :

« J'ai besoin de cet argent, tu sais bien. On a plus un sou. Je suis plus bonne à rien. Épiphanie l'a jamais été et, en plus, elle devient une charge.

— Mais cet argent est à moi, hurla Maxime. Tu comprends pas ça ?

— Tout ce qui est à moi est à toi, c'est vrai.

— Tu vois bien. »

Il se mit à renifler. Les femmes sont comme moi. Elles craquent toujours devant quelqu'un qui pleure.

Mme Ducastel prit Maxime dans ses bras et il partit en sanglots. Ils restèrent longtemps l'un contre l'autre.

Quand il se fut calmé, Mme Ducastel alla chercher son carnet de chèques dans sa chambre. Elle avait essayé mais n'était pas arrivée à le prendre en haine bien longtemps et ses yeux étaient pleins de bonheur quand elle lui donna ce qu'elle avait gagné au loto.

Dieu a créé la mère pour qu'on soit toujours aimé, même quand on ne le mérite plus.

C'était à la lisière de la forêt, du côté de la mare Godart. Le renard avait pratiquement mis toute la nuit à transporter son faon de chevreuil jusqu'à son terrier, où l'attendaient sa femelle et ses quatre petits.

D'ordinaire, le chevreuil ne sent rien. Mais celui-là sentait fort ; une odeur de cochon. Le vieux sanglier l'avait tué. Il avait laissé partout sur la bête la marque de ses défenses.

La famille du renard se rua sur les lambeaux qui restaient avec une certaine épouvante. C'était comme si l'œil du gros noir était dans les ronces et les regardait manger.

Du haut de mon pigeonnier, ce matin-là, je les écoutais mâcher avec un ravissement paternel quand soudain la voiture de M. l'abbé d'Hauteville franchit le porche.

Il avait encore maigri. Ce n'était plus qu'un tas d'os dans une enveloppe de peau translucide. Pour un peu, il aurait été l'homme invisible.

Quand l'abbé dit à Mme Ducastel qu'il voulait voir Épiphanie, elle secoua la tête avec un air renfrogné :

« C'est pas possible. Elle dort.

— Il faut que je lui parle.

— Je peux pas la réveiller.

— Vous pouvez très bien.

— Non. Même quand je l'aurai réveillée, elle dormira toujours.

— Qu'est-ce que vous me racontez ?

— Vous pouvez venir vérifier. »

Ils montèrent dans la chambre. Épiphanie était dans un demi-sommeil. Elle s'en arracha pour adresser un petit sourire à l'abbé avant de fermer les yeux en soupirant.

« Vous voyez le problème, dit Mme Ducastel. Je vous laisse. »

Elle sortit. L'abbé prit une chaise, la posa à côté du lit et s'assit dessus. Après quoi, il prit la main d'Épiphanie et demanda :

« Qu'est-ce qui vous arrive ? »

Elle ne répondit pas. Il posa à nouveau la question.

« Ce n'est rien, finit-elle par dire en ouvrant les yeux.

— Non. C'est grave. Vous vous soignez ? »

Elle hocha la tête. Il demanda :

« Vous avez vu un médecin ?

— Oui. Il m'a donné des comprimés.

— Mais ce n'est pas ce qu'il vous faut, vous savez bien. »

Il se pencha vers elle, comme s'il allait l'embrasser, et dit :

« Vous croyez au Diable ?

— Oui. Seulement quand je ne crois pas en Dieu.

— Et en ce moment, vous croyez en Dieu ?

— Non.

— C'est ce que je pensais. Vous avez laissé le Diable entrer en vous et il est en train de vous tuer. »

Épiphanie se redressa un peu et murmura :

« Si vous avez décidé de vous payer ma tête, ça n'est pas gentil, monsieur l'Abbé. Vous voyez bien que je suis malade.

— Je suis venu pour vous aider. »

Elle hocha la tête, avec un sourire souffrant.

« Dieu est amour, reprit l'abbé. C'est ce qu'on dit dans nos livres et je ne crois pas qu'on ait trouvé de meilleure définition.

— C'est vrai.

— Quand il n'y a plus d'amour en vous, il n'y a plus de vie non plus. Il n'y a bientôt plus rien que ce grand trou noir qui vous vide de vous-même. Ça veut dire que le Diable s'est installé en vous.

— Il doit être déjà en moi, alors.

— Pour le faire partir, il suffit que vous retrouviez l'amour.

— Quel amour ?

— L'amour de tout. De n'importe quoi. Il faut que vous sortiez de vous-même, vous comprenez. »

Il se leva et s'assit sur le lit. Il la regarda longtemps, avec les yeux du docteur pour son malade, avant de se pencher sur elle et de l'embrasser, d'abord sur les deux joues, comme s'il allait partir, puis sur la bouche, comme s'il allait rester.

Mais il partit. Juste avant d'ouvrir la porte, il se retourna et dit :

« Vous avez de la chance, vous savez.

— Comment ça ?

— À cause de cet enfant.

— Quel enfant ?

— Celui que vous avez dans le ventre. »

Elle se redressa et dit d'une voix qui s'étranglait :

« Comment vous le savez ?

— Parce que ça se voit sur votre figure. Une femme enceinte a toujours l'air heureuse même quand elle est malheureuse.

— Je ne veux pas de cet enfant. »

Elle le regarda fixement, la tête rentrée dans les épaules.

« Vous pouvez l'attendre comme le Messie, finit-il par dire. Il vous sauvera. Ce sont les enfants qui sauvent le monde. Ils lui redonnent tout le temps de l'innocence. Sinon, le monde serait très coupable, vous savez. »

Elle sourit et il sortit.

IX

Ce matin-là, quand j'ai vu la souille du gros noir, au bord de la mare, je n'ai pas pu résister. Je me suis déshabillé si vite que j'ai déchiré la manche de ma chemise, pour me jeter dans la boue qui dormait.

Je me suis roulé longtemps dedans, comme un amoureux, pour bien me mélanger à elle, avant de m'abandonner à la tiédeur du jour, en écoutant les arbres de la forêt.

Un vent doux soufflait son haleine sur leur chair feuillue. Ils en étaient tout retournés. Même les herbes frétillaient de joie. Moi, j'étais transporté. Que l'on se vautre dans la souille ou ailleurs, c'est toujours pareil. On se retrouve en se laissant aller. La boue me buvait et je coulais en elle.

Voilà le bonheur : quand on ne s'appartient plus. Même un peu de boue suffit, pour vous emmener très loin au-dessus de vous-même, là où les hirondelles ne montent jamais.

Le ciel était comme un grand catafalque moelleux posé sur moi. Le Paradis n'est pas différent. C'est pourquoi je me suis endormi.

Quand je rouvris les yeux, longtemps après, ils tombèrent sur le vieux sanglier, encore lui. Il se tenait comme un bloc de marbre noir, au bord de la mare. Il semblait aller mieux et m'observait en grognant doucement. Il voulait me dire quelque chose, mais je ne sus jamais quoi. Il a suffi que je sourie pour qu'il s'enfuie.

Je ne lui jetterai pas la pierre. Il faut toujours se méfier des gens qui sourient. Ils ne sont pas francs. Sinon, ils ne souriraient pas.

Un jour, j'ai reçu une lettre accompagnée d'une carte postale qui représentait une vache normande sous un pommier en fleur. Le ciel était bleu de mer avec, dedans, des nuages moutonneux comme l'écume des vagues.

La vache avait l'air de se moquer du monde, comme toutes les vaches. Elles ne prennent jamais rien au sérieux. C'est pourquoi on se moque d'elles.

Sur le dos de la carte postale, rien n'était écrit. Je dépliai la lettre et lus :

Cher Jésus,

On trouve le temps de plus en plus long, au Val-de-Reuil. Les journées durent des mois, ici, et tout le monde a l'air très vieux, même les enfants. On a de quoi s'occuper, pourtant. Y a la télévision. Y a un aumônier qui nous fait du catéchisme. On a même des copains. Tu as sûrement entendu parler de Kevin Bastin, celui qui a tué ses parents. Il est là. Il est très gentil, comme type. Il n'est même pas prétentieux, bien qu'il soit très connu. Il nous a dit qu'il n'avait pas pu faire autrement, avec ses vieux. Chaque fois qu'ils buvaient, ils lui tombaient dessus. Comme ils buvaient tout le temps, tu vois le travail. Il fallait que ça s'arrête. Il a commencé à écrire un livre pour raconter son histoire. Il pense en faire un film après.

L'aumônier dit que Kevin est très précoce pour son âge. Écrivain à onze ans, c'est quand même rare. Peut-être qu'il sera dans le Livre des records. Il nous dit qu'on devrait écrire un livre aussi. On a commencé mais, comme on est innocents, c'est moins intéressant. On n'a pas vraiment de chance. On serait coupables, on perdrait moins notre temps ici. C'est ça qui est désespérant. On voudrait que notre procès ait lieu rapidement, pour savoir ce qu'on va devenir. On a un avocat, un vieux type un peu collant. Il nous parle avec une voix très douce, comme si on était des bébés, mais on ne comprend rien de ce qu'il dit. Il faut te dire qu'on ne cherche plus à rien comprendre.

On a décidé de ne plus se poser de questions, comme la vache de la carte qui te dit bien le bonjour. On est triste, il n'y a pas, enfin je crois, plus malheureux que nous mais, au moins, on est tranquilles : on ne peut plus rien nous prendre, maintenant.

Tes amis qui t'aiment,

DANIEL ET ROBERT PAPAVOINE.

Je relisais souvent cette lettre et elle me revenait en tête, avec un sentiment d'oppression, chaque fois que je voyais Maxime. Il ne sentait plus mauvais, sauf, parfois, de la bouche. Il portait des habits propres. Il se lavait les cheveux tous les jours, et non une fois par semaine, comme par le passé. Il avait l'air moins veule et plus décidé.

Mais il me dégoûtait de plus en plus. C'était à cause de son plaisir à aimer ou à tuer. C'était aussi à cause des frères Papavoine.

Comme je n'osais m'en prendre à lui, je me vengeais comme je pouvais. Parfois, sur le château de Mlle Avisse, en cassant de temps en temps une vitre. Parfois, sur sa voiture, en crevant un pneu ou en mettant un sucre dans le réservoir d'essence.

Une fois, je lui cassai sa radio qu'il avait oubliée dans la grange.

« C'est pas possible, me dit-il d'une voix geignarde. Y a quelqu'un qui m'en veut ou quoi ?

— Il faudrait peut-être regarder du côté de Dieu. »

Il sourit, puis :

« Moi, je regarderais plutôt de ton côté.

— De toute façon, c'est pareil. »

En effet. La punition de Jésus, c'est toujours celle de Dieu.

Le soir était tombé d'un coup sur la forêt et lui imposait son silence hébété. Dès que le grand solitaire ouvrit les yeux, il ne songea qu'à faire sa nuit à la fouge. Quand il n'herbeillait pas dans les clairières, il adorait arracher les racines de fougères, non loin de là, du côté de la Grande Houssaye. Elles étaient douces comme des nouilles. Il s'en mettait plein la gueule et les secouait dans tous les sens pour en détacher la terre, avant de se bâfrer des plus tendres d'entre elles.

Depuis quelques jours, le gros noir s'était remis de sa blessure au cuissot. Il ne boitait presque plus et recommençait à avaler méthodiquement la forêt, ses tubercules de fougères, ses œufs de faisan, ses couleuvres, ses lapereaux, ses vers de terre, ses fanes de hêtres, ses mulots avec leurs caches à provisions. Chaque matin, quand il rentrait à sa bauge pour dormir, il avait la panse gonflée de bonheur à en péter. Mais il gardait souvent l'air méchant. Quelque chose l'agressait.

Ce n'était pas l'âge. Encore qu'il arrivait à son couchant. Ce n'était pas sa blessure. Elle ne lui faisait plus mal. C'était cette armée de petites bestioles jamais repues qui s'accrochaient à son velu pour le manger tout cru.

Il n'était plus qu'une démangeaison vivante, jusqu'au fond de ses entrailles. Quand j'étais au-dedans de lui, je souffrais le martyre. La forêt dévore toujours ceux qui s'en repaissent.

C'est pourquoi son premier geste, après s'être levé, fut d'aller se gratter les flancs puis la hure contre le tronc d'un pin. Mais l'atroce chatouillement ne s'apaisa point. Après avoir vidé son ventre au pied d'un arbre, le grand solitaire partit au trot vers la souille. Ses écoutes qui tremblaient disaient toute son excitation. On aurait pu croire, tant elle était grande, qu'il allait retrouver une femelle.

Mais c'était juste la boue.

Tout avait l'air calme, à la souille. Le gros noir leva son boutoir. Il écouta le vent, qui ne lui dit rien.

Alors, il descendit dans la boue.

Une fois vautré dedans, il ne vit plus rien. Sa chair faisait corps avec la boue et la boue est aveugle.

Deux canons de fusil pointèrent sur lui, tandis

qu'il s'abandonnait à son plaisir, dans cette sève putride, sous le bleuté du ciel. Maxime et Mlle Avisse le tenaient sous leur fusil, prêt à faire balle.

Un coup de feu claqua, puis un autre.

Le grand solitaire demeura tout interdit devant l'affront, écouta le frémissement des feuilles puis sortit de la souille en direction des fusils. Le bâtard jaune se rua sur lui en hurlant. L'autre l'envoya tout de suite dinguer dans un fourré, le ventre ouvert, les boyaux partout.

Un troisième coup de feu frappa le sanglier, tandis qu'il avançait, écrasant les arbustes sur son passage, vers Maxime et Mlle Avisse. Il s'arrêta net, à cinq ou six mètres d'eux, et frotta ses défenses du haut contre ses grès du dessous, ce qui produisit un bruit de couteaux.

« Il casse la noisette, murmura Maxime, visant la hure. Il va attaquer. »

Des spasmes soulevaient sa carcasse hérissée et ses petits yeux se voilaient d'ombre. Mais il faisait tête. Son boutoir sanglant et baveux prétendait même menacer le monde entier. Ces bêtes-là sont comme tout le monde, elles croient qu'elles ne meurent jamais.

Il trépignait des sabots, apparemment prêt à repartir à l'assaut, quand Maxime lui tira une balle en pleine tête. Il tomba comme une masse.

Mlle Avisse se précipita vers le sanglier, le fusil à la main.

« Attention, dit Maxime. Il n'est peut-être pas mort. »

Maxime avait raison. La mort n'avait pas encore éteint les deux petits yeux du grand solitaire. Il y avait toujours un regard dedans, avec de la violence et de la colère.

Ses dents recommencèrent à claquer mais il arrivait à peine à lever sa hure. Il ne pouvait plus faire peur. Mlle Avisse s'apprêtait à tirer à nouveau quand Maxime l'arrêta.

« Non. Il faut le finir au couteau.

— Pourquoi ça ?

— C'est la tradition.

— D'accord, mais c'est moi qui l'achève.

— Servir est un honneur, dit Maxime. C'est à toi qu'il revient. »

Maxime donna un coup de crosse sur le boutoir du sanglier qui se mit à couiner comme un marcassin, puis releva la tête de la bête en tirant fort sur ses deux écoutes.

Alors, Mlle Avisse lui coupa la gorge, lentement, avec soin, comme on coupe un gigot.

La rage qui cabrait toujours le grand solitaire se répandit peu à peu dans l'herbe, avec son sang. Son regard s'évanouit en même temps. La forêt avait désormais tout repris. De lui, il ne restait plus de vivant que son odeur. Elle erra longtemps, comme une ultime présence, dans cette nécropole végétale où je venais encore de mourir un peu.

Quand il arriva à la ferme pour me demander d'aller chercher le sanglier avec lui, Maxime avait les joues en feu, comme s'il venait de faire l'amour.

« C'est le plus beau jour de ma vie, dit-il.

— Moi, c'est l'un des plus moches », ai-je répondu.

Il me regarda avec un air ahuri, comme il le faisait chaque fois qu'il voulait me faire comprendre que j'étais quelqu'un de bizarre.

Je n'ai pas pipé mot pendant l'aller et le retour. J'avais trop de peine.

Après avoir sorti la bête de la camionnette, je plaçai un bâton entre les deux mâchoires du gros noir, pour qu'il ait la gueule bien ouverte. Après quoi, je lui coupai la hure et les quatre pieds, avant de le déposer, pour brûler ses poils, sur le feu qu'avait préparé Maxime.

C'est à ce moment-là que M. Chevillard est arrivé.

« Mais la chasse est interdite, dit-il.

— Un accident, répondit Maxime en rigolant.

Il s'est jeté sur mon fusil. J'étais obligé de tirer. Légitime défense. »

M. Chevillard se pencha sur la hure sanglante en demandant :

« Et quel âge il a, ce bestiau ?

— Il a pas eu le temps de le donner », répondit Maxime.

Sur quoi, il rit tout seul. M. Chevillard examina longtemps les dents et les défenses de la bête, puis laissa tomber :

« Il doit avoir vingt ans. »

Maxime n'en crut pas ses oreilles :

« Vingt ans ?

— Comme je te dis.

— Quand les sangliers ont la base des défenses très aiguisée, osai-je, c'est qu'ils sont très vieux. »

Maxime me lança un regard noir :

« Toi, personne t'a sonné. »

Je n'avais le droit que de l'écouter. Il n'aimait pas que je parle. Désormais, je débitai donc Baptiste en silence, tandis qu'ils bavassaient, avant de préparer la hure. C'est, paraît-il, ce qu'il y a de meilleur dans le sanglier.

Après l'avoir blanchie à l'eau et bien grattée, je l'ai mise dans une grosse terrine de terre cuite, où elle allait mariner pendant trois jours dans du sel, du poivre, du thym et une bouteille de vin rouge.

Elle était belle, maintenant. Toute trace de colère ou de souffrance avait disparu de son expression.

Mme Ducastel m'arracha la terrine des mains :

« Tu ne vas pas passer la journée à la regarder. C'est rien qu'une tête de sanglier, cette chose-là. »

Les jours suivants, je pensai souvent à la hure dans sa terrine. Je ne pouvais pas lui rendre visite, car je n'avais pas le droit d'entrer dans la grande maison sans permission, mais je lui parlais quand même.

Les morts qu'on mange sont des morts comme les autres. On peut leur parler aussi.

À peine né, le bébé d'Épiphanie n'était déjà plus de ce monde. Les mères donnent toujours naissance à des morts en sursis. Mais, cette fois, la chose s'était vérifiée plus vite que d'habitude.

C'était une fille. Elle s'appelait Élise. Elle avait de grands yeux mais pas de cheveux. Elle se mit à hurler à la mort dès l'accouchement et la mort arriva tout naturellement, quelques heures après.

Épiphanie comprit que son bébé était passé quand il s'arrêta de crier. Elle se leva, prit l'enfant, la serra contre elle, pleura comme une bête, s'habilla en hâte, commanda un taxi et rentra à la ferme avec sa fille morte dans les bras.

Elle était en train de payer le taxi quand Mme Ducastel s'approcha :

« Permettez-moi de porter quelque chose.

— Tenez. »

Épiphanie lui tendit son sac de voyage.

« Mais pourquoi vous rentrez si tôt ? demanda Mme Ducastel.

— Je n'avais plus rien à faire là-bas.

— Vous avez tort. Il faut vous reposer. »

Mme Ducastel n'avait plus que des prévenances pour sa bru, maintenant qu'elle lui avait donné une petite-fille. C'est elle-même qui l'avait conduite à la maternité de Pont-Audemer, après qu'elle eut perdu ses eaux. Depuis la naissance de la petite, quelque chose était passé sur son visage ranci et y avait posé un sourire.

Quand elles furent entrées dans la grande maison, Mme Ducastel s'approcha d'Épiphanie pour prendre le bébé, le temps qu'elle retire son imperméable. L'autre eut un mouvement de recul. La vieille insista et posa sa main sur le petit front d'Élise.

« Mais elle est froide », s'écria-t-elle.

Épiphanie secoua la tête :

« Ce n'est pas grave. Je vais la réchauffer dans la chambre.

— Mais regardez-la. Elle est toute bleue. »

C'est alors qu'un cri retentit, le cri d'un animal

qu'on égorge. Mme Ducastel avait touché le bras d'Élise. Il était rigide et glacé.

« Elle est morte, hurla-t-elle. Vous ne voyez pas qu'elle est morte ?

— Non, je ne crois pas. Elle est juste malade.

— Puisque je vous dis qu'elle est morte...

— C'est impossible.

— Mais c'est vrai. Tâtez son pouls. Y en a plus.

— Y a quelques minutes encore, elle gigotait contre moi.

— Maintenant, elle gigote plus. C'est moi qui vous le dis. »

Épiphanie embrassa son bébé, éclata en sanglots, monta l'escalier quatre à quatre, ouvrit la porte de sa chambre et se jeta sur son lit en serrant très fort Élise contre elle.

Elle sanglotait sans pleurer. Les larmes coulaient à l'intérieur d'elle-même, dans sa gorge, mais ses yeux demeuraient étrangement secs ; deux petites croûtes résignées.

Mme Ducastel resta un moment, dans l'embrasure de la porte, à renifler son chagrin. Elle finit par demander d'une voix si triste qu'elle m'étreignit le cœur :

« Je peux faire quelque chose pour vous ? »

Épiphanie ne répondit pas. Quand Mme Ducastel fut partie, elle se leva, retira son imperméable et changea les couches de son bébé mort, avant de lui chanter une berceuse en regardant la fenêtre d'où elle me vit, en train de charger une brouette de bouse pour les poireaux du potager. Je fis celui qui ne l'avait pas vue.

C'était mieux pour elle et c'était mieux pour moi.

Elle coinça le cou de la fourmi noire entre les deux cisailles de sa mandibule et lui coupa la tête. Mais elle mit du temps avant d'y arriver : l'autre se contorsionnait comme un ver.

Quand la fourmi noire fut décapitée, la mort ne fut pas tout de suite communiquée au thorax. Les six pattes du cadavre s'accrochèrent à la sacrificatrice. On aurait pu croire que c'était de l'amour, à cause de leur fébrilité. C'était juste du vertige.

La fourmi rouge se dégagea du thorax, lui montra son derrière et vaporisa dessus quelque chose qui l'engourdit. Je songeai à punir la tueuse mais la laissai finalement repartir. J'ai encore ce point commun avec Dieu : je suis très miséricordieux.

À mes pieds, c'était un champ de bataille ; un mélange de morceaux de fourmi et d'agonisants en convulsion. Ce spectacle me serrait le cœur. Je n'aime pas la guerre.

Elle avait commencé quelques minutes plus tôt.

Les fourmis rouges étaient venues faire une razzia d'esclaves chez les noires. Elles avaient mis à sac la fourmilière et s'étaient emparées des enfants, c'est-à-dire des œufs, des larves et des nymphes, qu'elles transportaient dans leur propre nid. Ils feraient, plus tard, de parfaits domestiques.

Je ne pouvais pas intervenir. Il était trop tard. Je n'arrivais pas non plus à plaindre les futurs esclaves. Je me suis toujours bien senti à ma place dans le grand troupeau humain qui s'en va tranquillement son chemin jusqu'à l'abattoir où il finit toujours. C'est le prix de la sérénité. La servitude rassure. Si on me l'enlevait, je sais que j'aurais peur de l'avenir.

Il arrive pourtant que les esclaves se révoltent. Même chez les fourmis. Moi-même, aussi soumis que je fusse, je n'étais pas à l'abri, parfois, d'un sentiment de rage qui me brûlait la tête. Depuis la mort du grand solitaire, ça me prenait même de plus en plus souvent.

Cette nuit-là, j'avais marché longtemps dans la forêt de Brotonne. Je cherchais quelqu'un ou quelque chose à qui parler. Mais je n'avais rencontré que le silence. En rentrant à la ferme, je remarquai que la lumière du salon était encore allumée, au château. Il était trois heures du matin. Je décidai d'aller voir.

Mlle Avisse était toute nue et assise par terre, avec un bras sur la jambe de Maxime qui, lui, était habillé, mais en tenue négligée : chemise ouverte et pantalon déboutonné. Il avait un verre à la main et l'expression un peu ahurie de ces pochards consciencieux qui trinquent à la santé du monde entier.

« Elle est folle, murmura Mlle Avisse. Tu sais bien qu'elle est complètement folle.

— Non. Elle est triste. Ce n'est pas pareil.

— Elle avait un grain, je te l'ai déjà dit. Maintenant qu'elle a eu un choc, tous les plombs ont sauté.

— Elle s'en remettra.

— Tu as tort. Y a plus rien à faire.

— Il faut lui donner sa chance.

— Tu n'es qu'un lâche. »

Elle prit un verre, en siffla la moitié et répéta :

« Tu n'es qu'un lâche.

— Je suis humain.

— C'est bien ce que je disais. Tu n'es qu'un lâche. »

Il se gratta la tête deux ou trois fois, avec lenteur. Il avait l'air de faire un effort surhumain. Sans doute pensait-il.

« Je ne peux pas l'envoyer à l'asile, finit-il par dire.

— Mais si elle est folle...

— Rien ne le prouve.

— Tout le prouvera. On aura tous les témoignages qu'il faut. »

Elle prit le bras de Maxime, passa ses lèvres charnues dessus, le mordit doucement, puis murmura en bavant :

« C'est elle qui a tué ma mère, n'est-ce pas ?

— Je ne crois pas.

— Tout le monde en est convaincu. »

Pour ne pas avoir à répondre, Maxime se mit à boire à petites gorgées, comme un malade.

« Si tu m'aimes, reprit-elle, tu dois la faire interner. »

Elle se mit à caresser son bras qu'elle regardait intensément, comme un fruit à manger, et poursuivit d'une voix pressante :

« Il faut que tu appelles un médecin. Quand il la verra avec son bébé mort dans les bras, ça ne sera pas la peine de lui faire un dessin, il aura tout compris, il l'enverra aussitôt chez les fous. D'ailleurs, c'est là qu'on aurait dû la mettre depuis longtemps. Y aurait pas eu tous ces malheurs dans le coin. »

Maxime contempla son verre avec un air absorbé. Mais il n'y avait plus rien dedans.

« C'est bien simple, dit-elle. Si tu ne nous débarrasses pas d'ici trois jours de ton Épiphanie, je ne te verrai plus jamais. »

Elle répéta :

« Plus jamais... plus jamais. »

C'était comme des crachats.

Quand Mme Ducastel frappa à ma porte, je crus qu'elle allait m'annoncer une mauvaise nouvelle. Son visage était transparent ; un vrai visage de mourant. On voyait presque à travers.

« C'est pour toi », dit-elle.

Elle me montra la hure dans sa terrine, qu'elle avait posée par terre.

« C'est très gentil de votre part, répondis-je, mais vous savez que je ne mange pas de viande.

— Je sais. Mais plus personne ne mange rien chez nous. Ni Épiphanie ni moi. Et Maxime n'en veut pas. J'ai pensé que ça pourrait te faire plaisir.

— Je ne vois pas ce que j'en ferais.

— Tu l'aimais beaucoup, Baptiste. Tu pourras le regarder autant que tu voudras.

— Merci quand même. »

Je pris la hure et l'installai sur la table de la salle à manger, où je la regardai toute la nuit sans pouvoir lui parler. J'avais trop de chagrin. Il m'avait mis une boule dans la gorge et une fatigue dans la tête.

Je me faisais pitié, hébété devant ma hure comme Épiphanie devant son bébé mort. Il y aurait eu de quoi rire si nous n'avions pas été tous deux abandonnés par nous-mêmes et, dégoûtés par celui-ci, appelés par l'autre monde.

La fenêtre de la chambre était ouverte. C'était un de ces soirs où l'air chantait. Une houle grondait doucement, au loin. Elle venait de la forêt.

Épiphanie était allongée sur son lit, le visage fermé, les lèvres mauves et les yeux perdus. Elle tenait dans ses bras sa petite, bleue comme la mort, qui commençait à empuantir la chambre. Une odeur chaude transperçait les narines.

Le docteur Carabie, un grand barbu au regard clair, posa sa main sur la tête d'Épiphanie, qui se mit à grelotter.

« Vous n'avez pas de fièvre, dit-il en retirant sa main.

— Mais j'ai tout le temps froid.

— C'est le chagrin. »

Il sourit, puis :

« Votre bébé est mort, vous le savez bien.

— Oui. Mais je l'aime trop pour l'abandonner.

— Personne ne vous demande de l'abandonner.

— Si. Vous m'avez dit qu'il fallait rendre Élise à la terre, car elle lui appartenait. C'est bien ça ?

— Exactement. Sa place est au cimetière. Pas ici. »

Elle fondit en larmes.

« Donnez-moi ce bébé, dit-il.

— Tout à l'heure.

— Maintenant. »

Le docteur Carabie s'assit sur le lit et ouvrit sa serviette d'où il sortit une boîte de comprimés.

« Il faudrait, dit-il, que vous preniez un comprimé matin, midi et soir. »

Elle secoua la tête.

« Ne faites pas votre mauvais caractère. Je vais vous chercher un verre et de l'eau. »

En sortant de la chambre, le docteur Carabie tomba sur Maxime et sa mère, venus aux nouvelles dans le couloir. Ils le suivirent jusqu'à l'escalier.

« Elle est assez atteinte, murmura le docteur.

— Vous savez qu'elle suce les robinets ? J'avais oublié de vous le dire, quand je vous ai demandé de venir.

— Je n'avais pas remarqué, dit Mme Ducastel.

— C'est mauvais signe », laissa tomber le docteur avant de demander à Mme Ducastel d'aller lui chercher un verre et de l'eau.

Maxime en profita pour enfiler ses mensonges.

« Il y a aussi une chose dont j'ose à peine vous

parler, dit-il. Souvent, elle fait ses besoins par terre et, si on l'empêchait pas, elle pourrait passer sa journée à les regarder. Qu'est-ce que ça veut dire ?

— C'est très grave.

— En plus, ça sent très mauvais.

— Elle est souvent prostrée ?

— Tout le temps. Elle arrête pas d'être prostrée. Avec des tics très bizarres.

— Quel genre de tics ?

— Elle se gratte la tête. Ou bien elle la secoue. Ou bien elle chasse des bestioles qui n'existent pas. »

Maxime leva sur lui des yeux angoissés :

« Je vous ai appelé trop tard ?

— Vous auriez dû me prévenir dès les premiers symptômes.

— Vous croyez que vous pourrez encore la soigner ?

— Je pense. Mais il faudra l'emmener dans un établissement spécialisé.

— Vous êtes sûr qu'ils pourront la supporter là-bas, avec toutes ses mauvaises manières ?

— Ils ont l'habitude.

— Souvent, elle me fait peur, vous savez. Elle a une façon de vous regarder avec ses yeux de hareng saur. On dirait qu'elle a envie de tuer le monde entier. Vous pensez qu'elle est dangereuse ?

— Je ne sais pas.

— J'ai remarqué qu'elle caressait beaucoup les

couteaux. Ou plutôt la lame des couteaux. Qu'est-ce que ça signifie ?

— Rien de bon.

— C'est ce que je me disais. »

Mme Ducastel revint avec son verre d'eau. Elle le tendit au docteur, qui, après avoir hoché la tête, comme on le fait dans les circonstances graves, retourna dans la chambre d'Épiphanie.

Maxime prit la main de Mme Ducastel et lui embrassa la joue avec un sourire de communiant.

« C'est bizarre, dit-elle. Je ne savais pas qu'elle suçait les robinets. »

J'avais tout entendu de la buanderie où j'essorais du linge. J'aurais pu aller dire la vérité au docteur Carabie. Mais il ne m'aurait pas cru. Je n'étais qu'un garçon de ferme et les garçons de ferme n'ont pas droit à la parole qui, de toute façon, ne vaut rien dans leur cas.

C'est ce que je me disais pour me rassurer. Mais il me faut avouer aussi que je suis une poule mouillée qui ne cherche jamais noise à personne. Le reconnaître a toujours été mon seul courage.

Le lendemain matin, deux hommes en blanc vinrent chercher Épiphanie. Ils laissèrent dans son berceau le bébé mort qui devait être enterré le lendemain, au cimetière de Routot, en l'absence de sa maman.

Après le départ de l'ambulance, Mme Ducastel me dit : « Je comprends pas pourquoi ils font ça. Elle est pas folle. Elle est malheureuse. C'est quand même pas pareil. »

Je ne répondis rien. J'étais envahi d'un dégoût de tout, et d'abord de ma veulerie. Ce jour-là, je commençai un jeûne pour me remonter. M. Jacob m'avait dit que c'était bon pour la santé. Il expliquait même que ça rendait intelligent. C'est vrai que manger fatigue, surtout parce qu'il faut digérer après. « Moins le corps travaille, assurait-il, plus la tête est libre de penser. »

Mais je n'arrivais pas à penser. J'étais trop en colère. C'était comme si un torrent dévalait en moi et emportait tout sur son passage. Je transpirais des cascades. Elles se déversaient sur mes pieds que je pris en horreur. Je marchais toute la journée, pour les fuir. Sans succès. Ils étaient comme mon remords. Ils ne me quittaient pas.

Même les poules ont fini par comprendre. Il n'y a plus guère que les enfants et les hérissons qui traversent sans regarder. Les blaireaux aussi, parfois.

Le blaireau veillait, sur le bord de la route, sa

compagne ensanglantée. Écrasée par une voiture, elle avait trouvé la force de se traîner jusqu'au bas-côté. Elle était belle, presque souriante, comme le sont souvent les animaux surpris dans la mort.

Je ne voulais pas qu'il arrive malheur au blaireau. Il fallait qu'il retourne dans son monde, loin du nôtre. Je pris donc une pierre que je lui jetai et feignis de vouloir l'attraper en poussant des hurlements d'égorgé. Il disparut sous les ronces de la haie. Alors, je tapai sur elles avec une branche morte pour lui signifier qu'il devait s'en aller à jamais.

Une voiture s'arrêta. C'était Mlle Avisse. Elle ouvrit la fenêtre de sa portière et me fit signe d'approcher :

« Qu'est-ce qui se passe ?

— Rien. »

L'histoire du blaireau ne la regardait pas. Elle insista :

« Pourquoi tu tapes la haie comme ça ? Elle t'a rien fait.

— Non, elle m'a rien fait.

— Tu sais que t'es un peu dérangé.

— Simple, peut-être, mais pas dérangé.

— C'est Épiphanie qui t'a repassé sa maladie. Elle était vraiment givrée, celle-là.

— Elle avait du chagrin.

— Tu ne réponds pas quand je te parle, s'il te plaît. C'est très malpoli. »

Elle soupira avec un air accablé, puis son visage s'éclaira et elle murmura :

« T'as le cerveau complètement fêlé, mon pauvre vieux. Mais c'est pas dangereux. Y a jamais rien eu dedans. Jamais. »

Mlle Avisse sourit :

« Allez, va travailler, maintenant. Y a mon potager qui t'attend. »

Sur quoi, la voiture repartit. Je me sentais mieux, tout d'un coup. La colère fait perdre les moyens ; la haine permet de les retrouver.

X

Mlle Avisse se lavait tout le temps. Elle se brossait les dents quatre ou cinq fois par jour, parfois même davantage. Chaque fois qu'elle sortait des toilettes, elle allait faire un tour sur son bidet. Elle prenait au moins deux bains, sans parler des douches. Pour cette raison, elle sentait fort le savon et le dentifrice. Elle n'avait plus d'odeur, à la longue.

Je comprenais très bien son obsession de propreté. Si je n'avais pas été garçon de ferme, je crois que je me serais lavé tout le temps. Ainsi aurais-je pu m'aimer. Je me serais peut-être même désiré. Ce qui était bizarre, avec Mlle Avisse, si soigneuse de sa personne : quelque chose de sale restait toujours en elle. C'était son regard. Il souillait tout.

Cette nuit-là, alors que je l'observais, de mon pigeonnier, en train de se débarbouiller dans sa salle de bains, je fus saisi de tremblements. C'était peut-être le jeûne. Mais je suis sûr que c'était aussi à cause de l'infection qu'elle dégageait, par tous les pores de sa peau, et qui courait dans le clos pour monter jusqu'à moi.

Le matin, j'ai enterré la tête du grand solitaire. Elle empestait trop. Je craignais qu'en persistant à la garder chez moi, je n'encourage Maxime et Mlle Avisse à convoquer le docteur Carabie. Ils auraient été capables de lui demander de me faire enfermer à mon tour.

J'ai pleuré longtemps devant la tombe de la hure. Maintenant qu'Épiphanie était partie, je n'avais personne à qui parler. Même plus le gros noir. Même pas maman avec qui je n'arrivais plus à entrer en contact. Je ne savais si elle me faisait la tête ou si elle l'avait trop en l'air pour soutenir une conversation, mais tout ce que je disais se perdait dans le ciel, au milieu des cris, des plaintes et des gémissements qui l'habitaient depuis les siècles des siècles.

Les escargotins dévoraient l'enveloppe de leurs œufs, avec tout son calcium dedans, avant de partir se planquer dans l'ombre des ronciers, sous leurs coquilles transparentes. Ils savaient ce qu'ils avaient à faire. Ils ne perdaient pas une seconde.

Devant tant d'organisation, on se sent tout petit. C'était mon cas. Je perdais de la force dans les bras et peinais de plus en plus en regardant les bébés escargots. Je tentais de faucher à nouveau les mauvaises herbes, un mélange d'orties, de ronces et de liserons, quand un motocycliste sur son engin entra dans le clos et s'arrêta à ma hauteur. Son casque était tout noir et on ne voyait rien dedans. Il commença à le retirer et dit :

« Salut, la vieille. C'est moi. Tu me reconnais ? »

C'était Sami.

Il s'était encore empâté. Son visage était comme un gros ventre avec un nombril tout rouge au milieu. C'était sa bouche.

« J'ai vu ma sœur, dit-il. Elle m'a demandé de te transmettre un message.

— C'est quoi ?

— C'est long. »

Je compris ce qu'il voulait. Je l'invitai à prendre un verre avec moi à la petite maison. Il accepta sans se faire prier. Chemin faisant, je lui demandai sur un ton dégagé, alors que je tremblais de l'intérieur :

« Comment va Épiphanie ?

— Pas très bien.

— Elle s'en sortira ?

— Elle s'en est déjà sortie. Mais je ne sais pas si elle sortira. C'est une autre histoire. »

Je lui proposai du calvados. Moi, je pris de l'eau. Je n'avais pas fini mon jeûne. Sami roula de grands yeux et demanda :

« T'as l'air patraque, la vieille.

— C'est le moins qu'on puisse dire.

— Qu'est-ce qui ne va pas ?

— La tête. J'ai tout le temps des nausées.

— Comme ma sœur ?

— Pareil. Sauf que je ne peux pas vomir, pour me soulager. Je ne mange plus rien. »

Il tendit son verre que je remplis à nouveau de calvados. Il se pencha, les joues ballantes, et dit, en baissant la voix, comme en confidence :

« Ma sœur n'a pas l'intention de rester enfermée.

— Y a pas de raison.

— Tu sais que Maxime cherche à faire croire qu'elle est folle ? »

Je hochai la tête.

« La voisine du château, sa copine, elle a été jusqu'à raconter au docteur qu'Épiphanie lui avait avoué, un jour, avoir tué sa mère. Il paraît que la police va rouvrir l'enquête. Tu imagines ma sœur frapper quelqu'un à coups de hache ?

— Elle n'est même pas capable d'écraser une mouche.

— Mais il paraît que les gens du bourg croient

que c'est elle, la coupable. Franchement, ça me tue.

— Moi, ça me mine.

— Même quand on a trouvé les assassins, elle m'a dit qu'on a continué à l'accuser.

— Mais ce ne sont pas les vrais assassins. Personne ne peut y croire une seconde.

— Qui c'est, alors ?

— Je suis sûr qu'on le saura bientôt. »

Il ne releva pas et sortit de la poche de sa chemise une lettre qu'il me donna avec un petit sourire :

« J'étais venu exprès pour te la remettre et j'allais oublier. »

J'ouvris la lettre et lus :

Mon cher Jésus,

Ne t'inquiète pas pour moi. Tu connais le psaume de David : « La nuit sera mon illusion au milieu de mes délices. » L'âme ne se retrouve que dans le noir et le dénuement. Maintenant que j'ai fait le vide en moi, je crois que le bonheur peut entrer. C'est quand on a renoncé à tout que le monde vous appartient. Prends soin de toi. Je t'embrasse.

ÉPIPHANIE.

Quand je reposai la lettre sur la table, mes yeux étaient mouillés de larmes. Le regard de Sami me demanda l'autorisation de la lire. Je fis celui qui n'avait pas compris avant de finir par céder, comme toujours.

Après l'avoir lue, Sami laissa tomber avec un air inspiré :

« Elle a emporté la Bible avec elle. À l'hôpital, elle passe son temps à la lire. Un jour, elle pourra la réciter par cœur. C'est une sainte, ma sœur.

— Je ne crois pas. C'est très casse-pieds, un saint. Il pousse des colères, il fait des histoires. C'est pourquoi on les aime toujours mieux morts que vivants. Ta sœur, elle est la douceur même. »

Sur ce, j'éclatai en sanglots. Il posa sa main sur mon épaule, pour accompagner mon chagrin, avant de se décider enfin à prendre congé. Il avait eu le nez creux. Alors que je le raccompagnais à sa moto, j'aperçus Mme Ducastel qui accourait vers nous, avec des yeux comme des pointes de couteau.

La moto démarra en trombe. Mme Ducastel tendit son poing dans la direction de Sami et cria :

« Je veux plus jamais te revoir ici, espèce de salopiaud. Plus jamais. »

En guise de réponse, elle reçut dans la figure un mélange de poussière et de gaz d'échappement. Alors, elle s'époumona :

« Ordure, fumier. »

Soudain, elle se retourna vers moi :

« Et toi ? De quel côté t'es ?

— Du vôtre, madame.

— T'es sûr ?

— Je suis toujours du côté de mes maîtres. Ça ne peut pas être autrement. Un gars comme moi, il n'a même pas le choix. »

Je ne dis jamais ce que je pense. C'est la meilleure façon d'être tranquille. Mme Ducastel me jeta un regard méfiant, pour le principe, et s'en retourna, d'un pas lourd, vers la grande maison.

Je passai la nuit suivante à regarder la fenêtre de la châtelaine. Rien que de penser qu'elle était derrière, j'étais pris de frissons qui soulevaient mon corps très haut avant de le laisser tomber. Elle m'aspirait, Mlle Avisse, et je me sentais vide à l'intérieur. Ma vie voulait partir sans moi et je n'arrivais pas à la retenir.

Le fumier remuait. C'était à cause de tous les asticots qui gigotaient dedans. Ils découvraient la vie. Ils avaient raison d'en profiter. Les fourmis avaient dû se passer le mot. Elles arrivaient par colonnes entières et repartaient avec des larves de mouche entre leurs mandibules, pour les emmener au nid.

Ma main fouilla longtemps le fumier, au milieu des asticots, avant de trouver la hache. Quand je la sortis, j'en frottai le manche avec une chaussette trouée avant de l'en recouvrir, pour ne pas laisser mes empreintes. Après, je ne sais plus bien ce qui est arrivé. J'avais froid et faim. J'avais mal à la tête. Je crois même que j'avais de la fièvre. Le soir tombait. Je montai dans le pigeonnier et m'endormis avec la hache dans mes bras.

Vers minuit, je me suis réveillé. La hache bougeait. Je la suivis. Elle m'emmena au château.

J'entrai par la fenêtre des toilettes du rez-de-chaussée, qui était ouverte, comme d'habitude, avant de monter l'escalier à pas de loup. J'ouvris lentement la porte de la chambre de Mlle Avisse puis, après avoir vérifié que Maxime n'était pas là, me précipitai sur le lit et cognai dessus comme sur une bûche dont on fait des copeaux. Je ne me souviens pas avoir rien entendu crier, ni même gargouiller.

À la fin, c'était comme si je frappais une mare, une grande mare molle qui se disloquait dans les draps du lit, au milieu des clapotis.

La mare coulait dans la chambre et je ne savais pas nager. C'est peut-être pourquoi je pris peur, soudain, et déguerpis, le cœur battant. Cette fois-ci, je sortis par la porte d'entrée. La clef était dessus. Après quoi, je rangeai la hache que j'avais rapidement essuyée, parmi les outils du jardin, dans le garage du château.

L'air était tiède mais on aurait dit qu'il était à la fois très chaud et très froid, car je transpirais et grelottais en même temps. Je me sentais aussi las que soûl en rentrant à la petite maison. Mais mon travail n'était pas terminé. J'enlevai mes gants à vaisselle, me changeai et me lavai, avant de repartir dans le clos avec un sac à poubelle où j'avais mis les habits du crime. Je les enterrai contre une haie, dans un endroit bien visible.

C'étaient les habits de Maxime.

Dieu avait tout vu. Rien ne dit qu'il était fier de moi. Mais moi, j'étais fier de lui, qui m'avait donné sa force.

Depuis toujours, j'adorais respirer les arbres, écouter l'herbe, me remplir de vent. Plus je me mélange à la nature, plus je suis heureux. Avant, je répugnais à suivre ma pente devant tout le monde, de peur qu'on me traite d'idiot du village. Désormais, je me laissais aller. C'était grâce à M. Spinoza. Il m'avait appris à ne plus me méfier de moi.

J'étais allongé dans l'herbe, les yeux dans le ciel,

quand l'inspecteur Levreau s'amena, avec un grand sourire.

« Je n'aurais jamais cru ça, dit-il.

— Moi non plus, répondis-je en me relevant.

— C'est lui, le fou. Pas Épiphanie. »

Il commença à marcher en direction de la petite maison et me fit signe de le suivre.

« En plus, il n'est pas très malin, reprit-il. Il a laissé plein d'indices qui l'accusent ; la hache dans le garage, les habits dans le jardin.

— Il n'a jamais été très malin, vous savez.

— Mais je ne vois pas pourquoi il a tué Astrid. La mère, oui, il y avait un mobile. Mais là...

— Ils se disputaient souvent.

— Vous arrivez à comprendre pourquoi il a fait ça ? »

Je le regardai avec gravité :

« Non, je ne comprends pas.

— Ce type est vraiment un monstre, dit-il.

— Je ne le voyais pas comme ça. Mais c'est vrai qu'il pouvait être très violent.

— Ces deux meurtres sont effrayants. Chaque fois, quand j'ai examiné les corps, j'ai failli tomber dans les pommes. Et pourtant, j'en ai vu, des choses. Pourquoi tant de haine ?

— Parce qu'il était malheureux.

— Peut-être. »

Mme Ducastel arrivait vers nous à grands pas,

comme si elle avait décidé de casser la figure à quelqu'un.

C'était moi. Le visage défiguré par le chagrin, elle hurla, en me montrant du doigt :

« Cette fois, c'est clair que c'est lui. Je l'ai toujours su. »

Elle se planta devant moi et poursuivit :

« Il se fait passer pour un simple. Mais c'est un fourbe. C'est lui qui a monté tout ça. Il peut abuser la police. Il m'abusera pas.

— Veuillez nous excuser, répondit l'inspecteur Levreau en la gratifiant d'une vague révérence. Nous avons à parler, Jésus et moi. »

Elle le retint par le bras :

« Vous le spécialiste de l'erreur judiciaire, vous devriez peut-être m'écouter, pour une fois. »

Il se dégagea en grommelant :

« Je crois que vous feriez mieux d'arrêter là, madame. Sinon, vous risqueriez d'avoir des comptes à rendre à la justice.

— Mais qu'est-ce que j'en ai à battre de vos menaces quand vous êtes en train de foutre en l'air la vie de mon fils ? »

Mme Ducastel était toute rouge. On aurait dit une tomate tellement mûre qu'elle allait exploser. C'est sans doute pourquoi elle se mit subitement à pleurer et à renifler en se tordant les mains. Trop de peine rend fou.

Alors que nous nous éloignions pour rejoindre la petite maison, l'inspecteur Levreau me glissa à l'oreille :

« Elle est complètement ravagée, la pauvre. Comme son fils. »

Il posa sa main sur mon épaule.

J'étais un peu inquiet, car je ne savais pas ce qu'il voulait. Il attendit d'être assis dans la cuisine de la petite maison, avec un verre de calvados entre les mains, pour en venir au fait :

« Quelles sont les nouvelles du gros noir ?

— Il est mort.

— De sa belle mort ? »

Je lui racontai ce qui était arrivé. Il parut très choqué :

« On ne tue pas une bête à sa souille. C'est trop facile. Il n'a même pas eu sa chance. »

Je hochai la tête. Il me regarda fixement, puis :

« C'est quand même scandaleux. Y a plus de principes, y a plus de morale, y a plus d'honneur, ni pour les bêtes ni pour personne. Y a plus rien. »

Depuis plusieurs jours, le renard avait remarqué cette odeur d'urine. Il la retrouvait partout, à l'intérieur de son territoire, dans les talus, sous les sureaux, sur les plaques de mousse.

C'était une infection, cette odeur. Elle le rendait fou. Il battait la campagne à sa recherche et, dès qu'il la retrouvait quelque part, se mettait à uriner dessus. Sauf qu'il n'avait plus envie de faire pipi.

Alors que j'arrivais chez les Papavoine, je le surpris en pleine tentative. Il me lança un regard suppliant, comme s'il voulait que je lui accorde quelques secondes de plus, avant de se fondre subitement dans la haie. Le clos était à peu près bien tenu et la vache avait bon pied, bon œil. Il est vrai que j'en avais pris soin pendant l'absence forcée de Didi et de Roro.

Ils étaient tous les deux assis au pied de la caravane. Ils avaient l'air de ne penser à rien, même pas à eux. M. Spinoza dirait qu'ils se confondaient parfaitement avec le paysage.

Quand je fus arrivé devant eux, Didi daigna lever un œil ironique :

« Salut, fils de Dieu.

— Je suis tellement content de vous revoir. »

Ils affectaient la même expression triste et distante. Je la pris d'abord pour moi, puis compris que c'était à cause de la vie qui les attendait au Val-de-Cul. Ils n'en voulaient plus.

« La prison, dit Roro, ça n'avait pas que des inconvénients. On n'avait plus à s'en faire pour le lendemain, tu comprends. »

Didi opina :

« Il va falloir qu'on parte.

— Vous feriez une énorme bêtise, dis-je en m'asseyant.

— On a pris des habitudes.

— Mais vous n'avez pas d'argent, insistai-je.

— On s'installera dans un centre commercial et on se débrouillera. »

Roro avait parlé sur un ton pénétré, comme un expert en centre commercial.

« Mais qu'est-ce que vous allez faire dans un centre commercial ? demandai-je.

— Y aura plein de jeunes. On s'occupera.

— On trouvera aussi de quoi bouffer, précisa Didi. Y a tout ce qu'on veut, dans les centres commerciaux.

— Vous avez tout ce que vous voulez ici, protestai-je.

— Parce que tu crois que tu as tout, toi ?

— Oui. Il suffit de le décider.

— Mais, t'as rien.

— Non, j'ai tout, puisque je n'ai pas besoin de plus.

— Pauvre Jésus », soupira Didi.

Un silence s'installa entre nous, alors qu'un nuage de corbeaux traversait le ciel avec mélancolie. Je finis par dire :

« Et la vache ? Qu'est-ce que vous allez en faire ?

— On va la vendre », dit Roro.

Je secouai la tête :

« C'était bien la peine de m'en occuper.

— Tu pourras t'installer ici, si tu veux.

— C'est vrai, approuva Didi. Le clos, on est obligés de le garder. On n'est pas assez vieux pour pouvoir le vendre. On n'a qu'à dire qu'on te le prête. »

Je les remerciai et pris congé. Si un vent frais et gai, venu de la forêt, ne m'avait pas enveloppé, je crois que je me serais senti abandonné.

Quand je retournai à la ferme, mes affaires étaient répandues sur l'herbe, devant la petite maison. Ma chaise, mon lit, ma télévision, ma vaisselle, mes habits, ma table, mes bouteilles, mon réchaud, mon rasoir, mon savon, tout avait été jeté dehors, comme par un ouragan, et gisait au milieu des bœufs. Ils étaient à la fête. Ils léchaient tout ce qu'ils pouvaient, piétinaient le reste quand ils ne bousaient pas dessus.

Mon premier réflexe fut de partir à la recherche de *L'Éthique* de M. Spinoza. Je savais qu'il me donnerait du courage pour la suite des événements. Je n'avais pas besoin de le lire. Il me suffisait de le regarder pour me pénétrer de son esprit. C'est pourquoi je me sentais plus fort, ces derniers temps, malgré la mort du gros noir. Rien ne servait de se rapetisser pour se rapprocher de Dieu. Il suffisait de s'aimer pour l'aimer aussi.

Il ne faut pas avoir peur de soi. L'homme est un Dieu pour l'homme ou, disons, un tout petit morceau de Dieu. Depuis que je l'avais compris, je ne me voyais plus pareil. Je m'aimais mieux.

Je venais de retrouver *L'Éthique*, par terre dans la chambre, quand Mme Ducastel déboula en hurlant, un manche de pioche à la main :

« Fous le camp, sale bête.

— Mais, madame, protestai-je. Qu'est-ce que j'ai fait ? »

Elle me griffa et me tira les cheveux.

« Retourne d'où tu viens, fumier. »

Elle se mit à me botter l'arrière-train avant de me courir après. C'est ainsi que je quittai la ferme où j'avais passé vingt ans de ma vie : avec *L'Éthique* pour tout bagage.

Désormais, je dors dans la forêt, sur le duvet des fougères. Parfois, je suis dérangé par le glapissement d'un garenne qu'une belette assassine, ou par la plainte d'un rongeur entre les serres d'une chouette. De petits crimes. Je sais qu'il faudrait les accepter sous prétexte qu'on ne reste en vie qu'en donnant la mort. Mais je crois que je ne m'y habituerai jamais. Chaque fois, ces cris me serrent le cœur. Je suis une petite nature.

Le jour, je me promène dans la campagne, tout gonflé de la joie qui descend du ciel et coule dans mes veines. Il fait tout le temps beau en moi, même quand il pleut. Je mange des cerises, des trèfles, des sauterelles et lape l'eau croupie dans les cuves des bêtes. Parfois, M. Jacob me donne un quignon de pain, un morceau de fromage ou des œufs durs. Mais je n'aime pas son regard plein de pitié. Il a tort. Je suis plus heureux que le plus heureux des chiens.

Je suis aussi heureux que Dieu quand il se retrouve avec lui-même.

Le dimanche, je vais faire la quête à l'église de Routot. À la messe, ce n'est pas la foule. Je reste sur le parvis de Saint-Ouen, pour ne pas importuner les fidèles avec ma tenue et mes odeurs, mais je sens que je ne serais pas de trop si j'entrais dans la nef : elle est à peu près déserte. M. l'abbé d'Hauteville bat donc tout le temps le rappel. Dans ses sermons, il dit souvent : « Une société qui ne croit pas en Dieu ne croit pas en elle-même. »

Il a bien raison. Mais je ne suis même pas sûr

que ses fidèles croient en eux. Souvent, ils ont l'air de traîner leur vie, comme si c'était un boulet dont la mort les libérerait. Ils sont fatigués, rien que de respirer.

Je les plains. Si on n'a pas supporté la vie, on ne peut pas supporter la mort.

Quand, à la sortie de la messe, je tends ma petite soucoupe en guise de sébile, j'ai toujours les yeux baissés. J'ai ma dignité et ne tiens pas à croiser les regards des braves gens qui me font la charité. Surtout si je les connais.

Ce n'est donc pas moi qui allai à la rencontre d'Épiphanie, ce jour-là ; c'est elle qui m'approcha.

« Jésus », dit-elle.

Je relevai la tête. Elle m'embrassa.

« Qu'est-ce que tu fais là ? demandai-je.

— J'ai trouvé un travail.

— Ici ?

— Oui. Je suis la bonne du curé. Ce n'est pas très bien payé, mais c'est très gratifiant.

— Tu es retournée à la ferme ?

— Non. Y a trop de mauvais souvenirs, là-bas. »

Son visage s'était fermé. Il s'éclaira à nouveau : « Et toi, Jésus ?

— Je cherche toujours des preuves de mon existence. »

Elle sourit.

« Et encore ? insista-t-elle.

— Je suis retourné à l'état naturel.

— Si tu as besoin de quelque chose, dis-le-moi. »

Elle prit mon bras et le serra très fort.

« Tu peux compter sur moi, reprit-elle.

— Je suis tellement heureux de te revoir. Je commençais à désespérer. »

J'en avais sans doute trop dit. Elle relâcha subitement mon bras.

« Il faut que je rentre au presbytère pour préparer le déjeuner, souffla-t-elle. Mais viens quand tu veux. Tu seras toujours le bienvenu. »

Elle me jeta un de ces regards qui entrent en vous pour ne plus en ressortir, m'embrassa à nouveau, puis me tourna les talons. J'avais raté la quête : les derniers fidèles étaient partis. Mais ça m'était égal. Je me sentais aimé à nouveau.

Je ne suis pas le seul à parler aux morts. Souvent, quand je passe devant le cimetière, j'aperçois Mme Ducastel en train de marmonner des choses devant la tombe de la petite Élise. Je ne sais pas ce qu'elle peut lui raconter, pendant des heures.

Peut-être cherche-t-elle ainsi à se rapprocher de l'autre monde. Mais rien ne dit que la mort ait envie d'elle. Souvent, la mort fuit ceux-là mêmes qui cherchent à la rattraper.

En attendant, après tout ce qui lui est tombé dessus, Mme Ducastel a l'air plus morte que vivante et je suis prêt à tout lui pardonner, même si elle n'est pas disposée à en faire autant. Je ne m'en fais pas. Quand elle aura basculé pour de bon dans l'autre monde, je suis sûr que nous pourrons nous entendre.

Chaque fois que je me couche dans l'herbe, je sens vivre sous moi tout un monde de vers, de fourmis, de carabes.

Alors, je me laisse aller à ma pente. Je me coule dans la nature et commence à grouiller en elle, de toutes mes pattes, des millions de pattes. Elles m'emmènent partout. Mais je ne cherche pas à les suivre. J'aurais trop peur de perdre la plénitude qui m'enveloppe. C'est pourquoi je n'oublie jamais de rester quand je pars.

Comme dirait M. Spinoza, tout est Dieu et Dieu est tout, moi compris. Quand on est dans cet état, on ne peut plus en douter. C'est un vertige qui vous tombe dessus ; un vertige qui rassure.

La grosse voix de M. Chevillard me sortit de mes songes :

« Qu'est-ce que t'as, toi, à roupiller tout le temps ? »

J'entrouvris les paupières. Il était tout endimanché et sentait la cocotte.

« Tu as déjà entendu l'histoire du sourd ? demanda-t-il.

— Non, je ne crois pas.

— C'est normal. T'es sourd. »

Il pouffa. Je l'imitai, par politesse, et me levai. Son regard se durcit, soudain, et il dit :

« Maxime veut te voir. C'est important.

— Qu'est-ce qu'il veut ?

— Te parler.

— Qu'est-ce qu'il a à me dire ?

— Je ne sais pas, mais j'essaie de m'en occuper un peu. C'est quand même mon neveu. Je fais ça pour sa mère.

— Vous croyez qu'il est innocent ?

— C'est impossible. T'as vu ses mains ? Il a des mains de coupable. »

Il soupira, puis laissa tomber :

« Il faut que tu viennes. Il m'a dit que ça lui ferait du bien. Il va tellement mal, tu ne le reconnaîtras plus.

— Vaut mieux ça.

— Si tu acceptes, je te donnerai quelque chose que t'aimes.

— J'ai tout ce qu'il faut.

— Un camembert, t'as bien envie d'un camembert... »

Je hochai la tête, avec un sourire de vaincu. J'aurais fait n'importe quoi pour un camembert.

On aurait pu croire que les mouches se battaient, mais en réalité elles faisaient l'amour. De temps en temps, entre deux plongeons, elles se prenaient en plein air, dans un bourdonnement rauque, avant de repartir zigzaguer ailleurs.

Mais elles revenaient toujours. C'était comme une danse qui les aurait rendues folles. Chaque fois, elles s'élançaient dans le plaisir avec cette angoisse et cette rage qu'elles mettent en toute chose. Elles avaient trop d'amour. Ou bien elles en manquaient. En tout cas, elles n'étaient pas heureuses.

Je ne me lassais pas du spectacle. C'est pourquoi je ne compris pas Maxime, quand il me dit, le jour où je lui rendis visite, au parloir de la prison de Rouen :

« C'est fou ce que je m'ennuie.

— Mais il y a des choses à regarder, dis-je en lui montrant les mouches amoureuses.

— Je ne sais pas quoi faire. »

Il avait grossi. Un petit double menton avait

fait son apparition sous son visage et soulignait la fatigue qui s'insinuait à la commissure de ses lèvres. Elles commençaient à tomber dangereusement, comme celles de Mme Ducastel.

Malgré tout, on devinait toujours une force cachée en lui, quelque chose de brut et de bête, qui bouillonnait dans son grand corps.

Il alla droit au fait :

« L'instruction est terminée. Le procès aura lieu dans quelques mois. J'aimerais que tu viennes témoigner.

— Comme tu voudras.

— Mais avant, je voudrais avoir une conversation avec toi. Plus ça va, moins je comprends ce qui s'est passé.

— Moi non plus. »

Il murmura quelque chose mais je n'entendis rien, à cause du brouhaha dans le parloir. Je lui demandai de répéter. Il me regarda fixement, de ses petits yeux sans mystère, puis laissa tomber :

« Je n'ai pas tué Astrid.

— Ce n'est pas toi ?

— Non. Tu sais bien que c'est impossible. »

Soudain, quelqu'un se mit à hurler dans le parloir. C'était un détenu au crâne rasé, que deux gardiens avaient arraché à sa chaise alors qu'il était en train de parler à une petite jeune fille avec une bouche rose et un foulard bleu. Il poursuivit la conversation en se débattant, alors que quatre mains l'emmenaient vers la sortie :

« N'oublie pas ce que je t'ai dit... Tu dois pas te laisser faire... »

Quand la porte fut refermée sur lui, Maxime poursuivit :

« Je n'ai pas tué Astrid, car je l'aimais.

— C'est ce que je pensais.

— Tu nous as vus ensemble ? »

Il se mit à pleurer ; des larmes discrètes. Je serrai les dents. Mais je ne pouvais pas résister. Il me faisait trop de peine. Mes yeux se mouillèrent aussi.

« Elle avait changé ma vie, reprit-il.

— C'est vrai, opinai-je.

— Avec elle, je me disais que j'allais enfin m'en sortir. Pourquoi je l'aurais assassinée ?

— Je ne sais pas, moi.

— Je n'ai même pas tué sa mère. »

Sans doute parce qu'il avait lu quelque chose dans mes yeux, il me demanda, avec ce que je pris pour un sourire :

« Ça t'étonne, que j'aie pas tué sa mère ? »

Un silence, puis sa bouche s'ouvrit :

« J'ai vraiment une tête d'erreur judiciaire, tu ne trouves pas ?

— Pas vraiment, non.

— Tu crois quand même pas que je suis coupable, Jésus...

— Tu es peut-être puni pour d'autres fautes ou d'autres crimes.

— T'es sûr que je mérite tout ça ? »

Je baissai les yeux, pour n'avoir pas à répondre, et me concentrai sur une mouche. Elle titubait, étourdie d'amour, sur mon bras transpirant.

« Pour la fille, je veux bien te croire, dis-je. Mais tu me feras pas avaler que t'as jamais eu envie de tuer la vieille.

— C'est vrai que j'ai eu envie. Souvent. Mais je n'en ai jamais eu le courage.

— Y a bien quelqu'un qui l'a tuée ?

— Sûrement. J'ai eu tout le temps d'y penser.

— Et alors ?

— Plus je tourne et retourne les choses dans ma tête, plus je me dis que ça ne peut être que toi ou maman. »

Je haussai les épaules. Il insista, à voix basse :

« Oui. Soit c'est l'un des deux qui a commis les deux crimes. Soit vous vous êtes partagé le travail.

— C'est-à-dire ?

— Par exemple, maman a tué Astrid et toi la vieille. Ou bien le contraire. Peut-être sans vous concerter.

— C'est du roman », dis-je.

Il me jeta un regard dur et froid. Je préférai prendre congé.

M. Chevillard m'attendait au café sur le boulevard, à côté de la prison. Quand je le retrouvai, il s'esclaffa :

« Alors, tu as vu l'erreur judiciaire ?

— Je m'en serais bien passé.

— T'as au moins gagné ça. »

Il me tendit un camembert au lait cru, que je ne pus m'empêcher d'engloutir, devant tout le monde, comme un gâteau au chocolat.

Mes habits se confondent avec la terre, les foins et les feuilles mortes. Ma peau a pris la même couleur. Rien ne me distingue plus de là où je viens et où je compte retourner. Je suis, enfin, mélangé au monde.

Mon bonheur serait total si je n'avais, dans la tête, les plaintes et les piaulements qui s'élèvent à l'infini des bois, des haies et des champs. M. Spinoza ne peut croire ce qu'il dit quand il nie l'existence du Bien et du Mal. Il devrait se promener dans la campagne. Ils sont partout, à se battre, dans la forêt et dans les herbes où la mort fauche matin, midi et soir, tandis que l'air gazouille et que les mares chantent. Le monde serait parfait s'il ne souffrait pas tant.

Quand je veux me changer les idées, je vais au presbytère. M. l'abbé d'Hauteville a toujours des petits travaux de jardinage à me proposer ; sarclage de carottes, repiquage de poireaux ou Dieu sait quoi. Il me paye en nature, comme il dit. Généralement, avec des provisions. Quand il est dans un bon jour, il m'invite à dîner.

Je rêve qu'il me propose de m'installer au presbytère. La cave me suffira. Elle est exiguë mais rien n'est trop petit pour moi. Je la partagerai avec les casiers à vin et la chaudière à mazout. Dedans, je ne gênerai personne. Je ne sortirai que pour aider la bonne du curé quand elle aura besoin de moi, pour la vaisselle et le ménage. Je suis prêt à tout, pour avoir le bonheur de la regarder.

Épiphanie a l'air heureuse. M. l'abbé d'Hauteville paraît, lui, au comble de la félicité. Il se fiche pas mal du qu'en-dira-t-on. Il a pris une dizaine de kilos et perdu son regard halluciné. Quelque chose de bon émane de lui, maintenant. C'est peut-être l'effet des petits plats ou de la vie à deux. Encore qu'ils n'aient rien consommé. Ils font chambre à part et rien d'autre, comme j'ai pu le vérifier après une minutieuse enquête. Les draps ne mentent jamais.

Un soir, nous étions assis sur les marches du

perron et regardions s'allumer les étoiles dans le ciel quand M. l'abbé laissa tomber :

« On ne se sent bien que quand on a renoncé à tout.

— À tout ?

— Oui, à tout. Même au Diable. Même à Dieu. »

À son regard, je crus comprendre qu'il plaisantait. De peur de me tromper, je préférai ne pas relever la phrase.

Mais plus j'y pense, plus je me dis qu'il résumait bien ce qui m'est arrivé. Aujourd'hui, rien ne m'accroche plus au monde, pas même Épiphanie qui n'est plus que l'ombre d'elle-même avec ses épaules tombantes et sa beauté brisée. Je suis en train de me détacher de moi-même pour retrouver le cours de l'univers qui s'avance sans fin ni commencement, en écrasant tout sur son passage, les grands comme les petits, les coupables comme les innocents, pour réaliser son destin. Ainsi est le Verbe.

DU MÊME AUTEUR

Aux Éditions Gallimard

LE VIEIL HOMME ET LA MORT, 1996 (Folio, n° 2972).

MORT D'UN BERGER, 2002 (Folio, n° 3978).

L'ABATTEUR, 2003 (« La Noire » ; Folio Policier, n° 410).

L'AMÉRICAIN, 2004 (Folio, n° 4343).

Aux Éditions Grasset

L'AFFREUX, 1992. Grand Prix du roman de l'Académie française.

LA SOUILLE, 1995. Prix Interallié (Folio, n° 4682).

LE SIEUR DIEU, 1998 (Folio, n° 4527).

Aux Éditions du Seuil

FRANÇOIS MITTERRAND OU LA TENTATION DE L'HISTOIRE, 1977.

MONSIEUR ADRIEN, 1982.

JACQUES CHIRAC, 1987.

LE PRÉSIDENT, 1990.

LA FIN D'UNE ÉPOQUE, 1993 (Fayard-Seuil).

FRANÇOIS MITTERRAND, UNE VIE, 1996.

Aux Éditions Flammarion

LA TRAGÉDIE DU PRÉSIDENT, 2006.

L'IMMORTEL, 22 balles pour un seul homme, 2007. Grand Prix littéraire de Provence.

Aux Éditions J'ai Lu

LE JOUR DE GLOIRE EST ARRIVÉ, avec Éric Jourdan, 2007.

COLLECTION FOLIO

Dernières parutions

4280. Flannery O'Connor — *Un heureux événement* suivi de *La Personne Déplacée.*
4281. Chantal Pelletier — *Intimités* et autres nouvelles.
4282. Léonard de Vinci — *Prophéties* précédé de *Philosophie et aphorismes.*
4283. Tonino Benacquista — *Malavita.*
4284. Clémence Boulouque — *Sujets libres.*
4285. Christian Chaix — *Nitocris, reine d'Égypte T. 1.*
4286. Christian Chaix — *Nitocris, reine d'Égypte T. 2.*
4287. Didier Daeninckx — *Le dernier guérillero.*
4288. Chahdortt Djavann — *Je viens d'ailleurs.*
4289. Marie Ferranti — *La chasse de nuit.*
4290. Michael Frayn — *Espions.*
4291. Yann Martel — *L'Histoire de Pi.*
4292. Harry Mulisch — *Siegfried. Une idylle noire.*
4293. Ch. de Portzamparc/ Philippe Sollers — *Voir Écrire.*
4294. J.-B. Pontalis — *Traversée des ombres.*
4295. Gilbert Sinoué — *Akhenaton, le dieu maudit.*
4296. Romain Gary — *L'affaire homme.*
4297. Sempé/Suskind — *L'histoire de Monsieur Sommer.*
4298. Sempé/Modiano — *Catherine Certitude.*
4299. Pouchkine — *La Fille du capitaine.*
4300. Jacques Drillon — *Face à face.*
4301. Pascale Kramer — *Retour d'Uruguay.*
4302. Yukio Mishima — *Une matinée d'amour pur.*
4303. Michel Schneider — *Maman.*
4304. Hitonari Tsuji — *L'arbre du voyageur.*
4305. George Eliot — *Middlemarch.*
4306. Jeanne Benameur — *Les mains libres.*
4307. Henri Bosco — *Le sanglier.*
4308. Françoise Chandernagor — *Couleur du temps.*
4309. Colette — *Lettres à sa fille.*
4310. Nicolas Fargues — *Rade Terminus*

4311.	Christian Garcin	*L'embarquement.*
4312.	Iegor Gran	*Ipso facto.*
4313.	Alain Jaubert	*Val Paradis.*
4314.	Patrick Mcgrath	*Port Mungo.*
4315.	Marie Nimier	*La Reine du silence.*
4316.	Alexandre Dumas	*La femme au collier de velours.*
4317.	Anonyme	*Conte de Ma'rûf le savetier.*
4318.	René Depestre	*L'œillet ensorcelé.*
4319.	Henry James	*Le menteur.*
4320.	Jack London	*La piste des soleils.*
4321.	Jean-Bernard Pouy	*La mauvaise graine.*
4322.	Saint Augustin	*La Création du monde et le Temps.*
4323.	Bruno Schulz	*Le printemps.*
4324.	Qian Zhongshu	*Pensée fidèle.*
4325.	Marcel Proust	*L'affaire Lemoine.*
4326.	Ji Yun	*Des nouvelles de l'au-delà.*
4327.	Bernard du Boucheron	*Court Serpent.*
4328.	Gil Courtemanche	*Un dimanche à la piscine à Kigali.*
4329.	Didier Daeninckx	*Le retour d'Ataï.*
4330.	Régis Debray	*Ce que nous voile le voile.*
4331.	Chahdortt Djavann	*Que pense Allah de l'Europe?*
4332.	Chahdortt Djavann	*Bas les voiles!*
4333.	Éric Fottorino	*Korsakov.*
4334.	Charles Juliet	*L'année de l'éveil.*
4335.	Bernard Lecomte	*Jean-Paul II.*
4336.	Philip Roth	*La bête qui meurt.*
4337.	Madeleine de Scudéry	*Clélie.*
4338.	Nathacha Appanah	*Les rochers de Poudre d'Or.*
4339.	Élisabeth Barillé	*Singes.*
4340.	Jerome Charyn	*La Lanterne verte.*
4341.	Driss Chraïbi	*L'homme qui venait du passé.*
4342.	Raphaël Confiant	*Le cahier de romances.*
4343.	Franz-Olivier Giesbert	*L'Américain.*
4344.	Jean-Marie Laclavetine	*Matins bleus.*
4345.	Pierre Michon	*La Grande Beune.*
4346.	Irène Némirovsky	*Suite française.*
4347.	Audrey Pulvar	*L'enfant-bois.*
4348.	Ludovic Roubaudi	*Le 18.*

4349. Jakob Wassermann — *L'Affaire Maurizius.*
4350. J. G. Ballard — *Millenium People.*
4351. Jerome Charyn — *Ping-pong.*
4352. Boccace — *Le Décameron.*
4353. Pierre Assouline — *Gaston Gallimard.*
4354. Sophie Chauveau — *La passion Lippi.*
4355. Tracy Chevalier — *La Vierge en bleu.*
4356. Philippe Claudel — *Meuse l'oubli.*
4357. Philippe Claudel — *Quelques-uns des cent regrets.*
4358. Collectif — *Il était une fois... Le Petit Prince.*
4359. Jean Daniel — *Cet étranger qui me ressemble.*
4360. Simone de Beauvoir — *Anne, ou quand prime le spirituel.*
4361. Philippe Forest — *Sarinagara.*
4362. Anna Moï — *Riz noir.*
4363. Daniel Pennac — *Merci.*
4364. Jorge Semprún — *Vingt ans et un jour.*
4365. Elizabeth Spencer — *La petite fille brune.*
4366. Michel tournier — *Le bonheur en Allemagne?*
4367. Stephen Vizinczey — *Éloge des femmes mûres.*
4368. Byron — *Dom Juan.*
4369. J.-B. Pontalis — *Le Dormeur éveillé.*
4370. Erri De Luca — *Noyau d'olive.*
4371. Jérôme Garcin — *Bartabas, roman.*
4372. Linda Hogan — *Le sang noir de la terre.*
4373. LeAnne Howe — *Équinoxes rouges.*
4374. Régis Jauffret — *Autobiographie.*
4375. Kate Jennings — *Un silence brûlant.*
4376. Camille Laurens — *Cet absent-là.*
4377. Patrick Modiano — *Un pedigree.*
4378. Cees Nooteboom — *Le jour des Morts.*
4379. Jean-Chistophe Rufin — *La Salamandre.*
4380. W. G. Sebald — *Austerlitz.*
4381. René Belletto — *La machine.*
4382. Philip Roth — *La contrevie.*
4383. Antonio Tabucchi — *Requiem.*
4384. Antonio Tabucchi — *Le fil de l'horizon.*
4385. Antonio Tabucchi — *Le jeu de l'envers.*
4386. Antonio Tabucchi — *Tristano meurt.*
4387. Boileau-Narcejac — *Au bois dormant.*
4388. Albert Camus — *L'été.*

4389.	Philip K. Dick	*Ce que disent les morts.*
4390.	Alexandre Dumas	*La dame pâle.*
4391.	Herman Melville	*Les Encantadas, ou Îles Enchantées.*
4392.	Pidansat de Mairobert	*Confession d'une jeune fille.*
4393.	Wang Chong	*De la mort.*
4394.	Marguerite Yourcenar	*Le Coup de Grâce.*
4395.	Nicolas Gogol	*Une terrible vengeance.*
4396.	Jane Austen	*Lady Susan.*
4397.	Annie Ernaux/ Marc Marie	*L'usage de la photo.*
4398.	Pierre Assouline	*Lutetia.*
4399.	Jean-François Deniau	*La lune et le miroir.*
4400.	Philippe Djian	*Impuretés.*
4401.	Javier Marías	*Le roman d'Oxford.*
4402.	Javier Marías	*L'homme sentimental.*
4403.	E. M. Remarque	*Un temps pour vivre, un temps pour mourir.*
4404.	E. M. Remarque	*L'obélisque noir.*
4405.	Zadie Smith	*L'homme à l'autographe.*
4406.	Oswald Wynd	*Une odeur de gingembre.*
4407.	G. Flaubert	*Voyage en Orient.*
4408.	Maupassant	*Le Colporteur* et autres nouvelles.
4409.	Jean-Loup Trassard	*La déménagerie.*
4410.	Gisèle Fournier	*Perturbations.*
4411.	Pierre Magnan	*Un monstre sacré.*
4412.	Jérôme Prieur	*Proust fantôme.*
4413.	Jean Rolin	*Chrétiens.*
4414.	Alain Veinstein	*La partition*
4415.	Myriam Anissimov	*Romain Gary, le caméléon.*
4416.	Bernard Chapuis	*La vie parlée.*
4417.	Marc Dugain	*La malédiction d'Edgar.*
4418.	Joël Egloff	*L'étourdissement.*
4419.	René Frégni	*L'été.*
4420.	Marie NDiaye	*Autoportrait en vert.*
4421.	Ludmila Oulitskaïa	*Sincèrement vôtre, Chourik.*
4422.	Amos Oz	*Ailleurs peut-être.*
4423.	José Miguel Roig	*Le rendez-vous de Berlin.*
4424.	Danièle Sallenave	*Un printemps froid.*

4425.	Maria Van Rysselberghe	*Je ne sais si nous avons dit d'impérissables choses.*
4426.	Béroalde de Verville	*Le Moyen de parvenir.*
4427.	Isabelle Jarry	*J'ai nom sans bruit.*
4428.	Guillaume Apollinaire	*Lettres à Madeleine.*
4429.	Frédéric Beigbeder	*L'Égoïste romantique.*
4430.	Patrick Chamoiseau	*À bout d'enfance.*
4431.	Colette Fellous	*Aujourd'hui.*
4432.	Jens Christian Grøndhal	*Virginia.*
4433.	Angela Huth	*De toutes les couleurs.*
4434.	Cees Nooteboom	*Philippe et les autres.*
4435.	Cees Nooteboom	*Rituels.*
4436.	Zoé Valdés	*Louves de mer.*
4437.	Stephen Vizinczey	*Vérités et mensonges en littérature.*
4438.	Martin Winckler	*Les Trois Médecins.*
4439.	Françoise Chandernagor	*L'allée du Roi.*
4440.	Karen Blixen	*La ferme africaine.*
4441.	Honoré de Balzac	*Les dangers de l'inconduite.*
4442.	Collectif	*1,2,3... bonheur!*
4443.	James Crumley	*Tout le monde peut écrire une chanson triste* et autres nouvelles.
4444.	Niwa Fumio	*L'âge des méchancetés.*
4445.	William Golding	*L'envoyé extraordinaire.*
4446.	Pierre Loti	*Les trois dames de la Kasbah* suivi de *Suleïma.*
4447.	Marc Aurèle	*Pensées (Livres I-VI).*
4448.	Jean Rhys	*À septembre, Petronella* suivi de *Qu'ils appellent ça du jazz.*
4449.	Gertrude Stein	*La brave Anna.*
4450.	Voltaire	*Le monde comme il va* et autres contes.
4451.	La Rochefoucauld	*Mémoires.*
4452.	Chico Buarque	*Budapest.*
4453.	Pietro Citati	*La pensée chatoyante.*
4454.	Philippe Delerm	*Enregistrements pirates.*
4455.	Philippe Fusaro	*Le colosse d'argile.*
4456.	Roger Grenier	*Andrélie.*
4457.	James Joyce	*Ulysse.*

4458. Milan Kundera — *Le rideau.*
4459. Henry Miller — *L'œil qui voyage.*
4460. Kate Moses — *Froidure.*
4461. Philip Roth — *Parlons travail.*
4462. Philippe Sollers — *Carnet de nuit.*
4463. Julie Wolkenstein — *L'heure anglaise.*
4464. Diderot — *Le Neveu de Rameau.*
4465. Roberto Calasso — *Ka.*
4466. Santiago H. Amigorena — *Le premier amour.*
4467. Catherine Henri — *De Marivaux et du Loft.*
4468. Christine Montalbetti — *L'origine de l'homme.*
4469. Christian Bobin — *Prisonnier au berceau.*
4470. Nina Bouraoui — *Mes mauvaises pensées.*
4471. Françoise Chandernagor — *L'enfant des Lumières.*
4472. Jonathan Coe — *La Femme de hasard.*
4473. Philippe Delerm — *Le bonheur.*
4474. Pierre Magnan — *Ma Provence d'heureuse rencontre.*
4475. Richard Millet — *Le goût des femmes laides.*
4476. Pierre Moinot — *Coup d'État.*
4477. Irène Némirovsky — *Le maître des âmes.*
4478. Pierre Péju — *Le rire de l'ogre.*
4479. Antonio Tabucchi — *Rêves de rêves.*
4480. Antonio Tabucchi — *L'ange noir.* (à paraître)
4481. Ivan Gontcharov — *Oblomov.*
4482. Régine Detambel — *Petit éloge de la peau.*
4483. Caryl Férey — *Petit éloge de l'excès.*
4484. Jean-Marie Laclavetine — *Petit éloge du temps présent.*
4485. Richard Millet — *Petit éloge d'un solitaire.*
4486. Boualem Sansal — *Petit éloge de la mémoire.*
4487. Alexandre Dumas — *Les Frères corses.* (à paraître)
4488. Vassilis Alexakis — *Je t'oublierai tous les jours.*
4489. René Belletto — *L'enfer.*
4490. Clémence Boulouque — *Chasse à courre.*
4491. Giosuè Calaciura — *Passes noires.*
4492. Raphaël Confiant — *Adèle et la pacotilleuse.*
4493. Michel Déon — *Cavalier, passe ton chemin!*
4494. Christian Garcin — *Vidas* suivi de *Vies volées.*
4495. Jens Christian Grøndahl — *Sous un autre jour.*
4496. Régis Jauffret — *Asiles de fous.*
4497. Arto Paasilinna — *Un homme heureux.*

4498.	Boualem Sansal	*Harraga.*
4499.	Quinte-Curce	*Histoire d'Alexandre.*
4500.	Jérôme Garcin	*Cavalier seul.*
4501.	Olivier Barrot	*Décalage horaire.*
4502.	André Bercoff	*Retour au pays natal.*
4503.	Arnaud/Barillé/Cortanze/Maximin	*Paris Portraits.*
4504.	Alain Gerber	*Balades en jazz.*
4505.	David Abiker	*Le musée de l'homme.*
4506.	Bernard du Boucheron	*Coup-de-Fouet.*
4507.	Françoise Chandernagor	*L'allée du Roi.*
4508.	René Char	*Poèmes en archipel.*
4509.	Sophie Chauveau	*Le rêve Botticelli.*
4510.	Benoît Duteurtre	*La petite fille et la cigarette.*
4511.	Hédi Kaddour	*Waltenberg.*
4512.	Philippe Le Guillou	*Le déjeuner des bords de Loire.*
4513.	Michèle Lesbre	*La Petite Trotteuse.*
4514.	Edwy Plenel	*Procès.*
4515.	Pascal Quignard	*Sordidissimes. Dernier Royaume, V.*
4516.	Pascal Quignard	*Les Paradisiaques. Dernier Royaume, IV.*
4517.	Danièle Sallenave	*La Fraga.*
4518.	Renée Vivien	*La Dame à la louve.*
4519.	Madame Campan	*Mémoires sur la vie privée de Marie-Antoinette.*
4520.	Madame de Genlis	*La Femme auteur.*
4521.	Elsa Triolet	*Les Amants d'Avignon.*
4522.	George Sand	*Pauline.*
4523.	François Bégaudeau	*Entre les murs.*
4524.	Olivier Barrot	*Mon Angleterre. Précis d'Anglopathie.*
4525.	Tahar Ben Jelloun	*Partir.*
4526.	Olivier Frébourg	*Un homme à la mer.*
4527.	Franz-Olivier Giesbert	*Le sieur Dieu.*
4528.	Shirley Hazzard	*Le Grand Incendie.*
4529.	Nathalie Kuperman	*J'ai renvoyé Marta.*
4530.	François Nourissier	*La maison Mélancolie.*
4531.	Orhan Pamuk	*Neige.*
4532.	Michael Pye	*L'antiquaire de Zurich.*
4533.	Philippe Sollers	*Une vie divine.*

4534. Bruno Tessarech — *Villa blanche.*
4535. François Rabelais — *Gargantua.*
4536. Collectif — *Anthologie des humanistes européens de la renaissance.*
4537. Stéphane Audeguy — *La théorie des nuages.*
4538. J. G. Ballard — *Crash !*
4539. Julian Barnes — *La table citron.*
4540. Arnaud Cathrine — *Sweet home.*
4541. Jonathan Coe — *Le cercle fermé.*
4542. Frank Conroy — *Un cri dans le désert.*
4543. Karen Joy Fowler — *Le club Jane Austen.*
4544. Sylvie Germain — *Magnus.*
4545. Jean-Noël Pancrazi — *Les dollars des sables.*
4546. Jean Rolin — *Terminal Frigo.*
4547. Lydie Salvayre — *La vie commune.*
4548. Hans-Ulrich Treichel — *Le disparu.*
4549. Amaru — *La Centurie. Poèmes amoureux de l'Inde ancienne.*
4550. Collectif — *«Mon cher papa...» Des écrivains et leur père.*
4551. Joris-Karl Huysmans — *Sac au dos* suivi de *À vau l'eau.*
4552. Marc-Aurèle — *Pensées (Livres VII-XII).*
4553. Valery Larbaud — *Mon plus secret conseil...*
4554. Henry Miller — *Lire aux cabinets.*
4555. Alfred de Musset — *Emmeline.*
4556. Irène Némirovsky — *Ida* suivi de *La comédie bourgeoise.*
4557. Rainer Maria Rilke — *Au fil de la vie.*
4558. Edgar Allan Poe — *Petite discussion avec une momie et autres histoires extraordinaires.*
4559. Madame de Duras — *Ourika. Édouard. Olivier ou le Secret.*
4560. François Weyergans — *Trois jours chez ma mère.*
4561. Robert Bober — *Laissées-pour-compte.*
4562. Philippe Delerm — *La bulle de Tiepolo.*
4563. Marie Didier — *Dans la nuit de Bicêtre.*
4564. Guy Goffette — *Une enfance lingère.*
4565. Alona Kimhi — *Lily la tigresse.*
4566. Dany Laferrière — *Le goût des jeunes filles.*

4567. J.M.G. Le Clézio — *Ourania.*
4568. Marie Nimier — *Vous dansez ?*
4569. Gisèle Pineau — *Fleur de Barbarie.*
4570. Nathalie Rheims — *Le Rêve de Balthus.*
4571. Joy Sorman — *Boys, boys, boys.*
4572. Philippe Videlier — *Nuit turque.*
4573. Jane Austen — *Orgueil et préjugés.*
4574. René Belletto — *Le Revenant.*
4575. Mehdi Charef — *À bras-le-cœur.*
4576. Gérard de Cortanze — *Philippe Sollers. Vérités et légendes*
4577. Leslie Kaplan — *Fever.*
4578. Tomás Eloy Martínez — *Le chanteur de tango.*
4579. Harry Mathews — *Ma vie dans la CIA.*
4580. Vassilis Alexakis — *La langue maternelle.*
4581. Vassilis Alexakis — *Paris-Athènes.*
4582. Marie Darrieussecq — *Le Pays.*
4583. Nicolas Fargues — *J'étais derrière toi.*
4584. Nick Flynn — *Encore une nuit de merde dans cette ville pourrie.*
4585. Valentine Goby — *L'antilope blanche.*
4586. Paula Jacques — *Rachel-Rose et l'officier arabe.*
4587. Pierre Magnan — *Laure du bout du monde.*
4588. Pascal Quignard — *Villa Amalia.*
4589. Jean-Marie Rouart — *Le Scandale.*
4590. Jean Rouaud — *L'imitation du bonheur.*
4591. Pascale Roze — *L'eau rouge.*
4592. François Taillandier — *Option Paradis. La grande intrigue, I.*
4593. François Taillandier — *Telling. La grande intrigue, II.*
4594. Paula Fox — *La légende d'une servante.*
4595. Alessandro Baricco — *Homère, Iliade.*
4596. Michel Embareck — *Le temps des citrons.*
4597. David Shahar — *La moustache du pape* et autres nouvelles.
4598. Mark Twain — *Un majestueux fossile littéraire* et autres nouvelles.

Composition C *MB* Graphic
Impression Novoprint
à Barcelone, le 22 janvier 2008
Dépôt légal : janvier 2008

ISBN 978-2-07-034936-4./Imprimé en Espagne.

154949